James Stern

Sumatra

AF220892

Bibliografische Information der Deutschen
Nationalbibliothek:
Die Deutsche Nationalbibliothek verzeichnet diese
Publikation in der Deutschen Nationalbibliografie;
detaillierte bibliografische Daten sind im Internet über
http://dnb.dnb.de abrufbar.

© 2021 James Stern

Lektorat: Johannes Kreisler
Korrektorat: Anselm Medardus

Umschlaggestaltung: Stephanie Barisic
Motiv: Pixabay/OpenClipart-Vectors

Herstellung und Verlag: BoD – Books on Demand,
Norderstedt

ISBN: 978-3-7543-2485-1

MIX
Papier aus verantwortungsvollen Quellen
Paper from responsible sources
FSC® C105338

FSC
www.fsc.org

I

"Der Sechsundsiebziger wird ein Jahrhundertjahrgang", schloss der Professor seinen Vortrag über die zu erwartende diesjährige Weinlese. Seine Fingerspitzen tänzelten über den Rand seines Glases, in dem der Rebensaft strohgelb schimmerte. "Es ist keinesfalls noch zu früh, dies vorauszusagen", setzte er noch wie rechtfertigend hinzu, und ich nickte nur, nickte kurz und stumm, froh darüber, dass dieses Thema, das mich nicht interessierte, beendet schien, widmete mich hingegen dem Ausblick von der Hotelterrasse hinunter über die Weinberge, zwischen denen der Fluss mit der untergehenden Sonne zu einer flüssigen Glut verschmolz. Die Frau des Professors studierte darüber ohne falsche Scheu und in Erwartung, dass ich mich ihr zuwenden würde, mein Profil – ich sah dies nicht, spürte es dafür umso deutlicher, während ich aus den Augenwinkeln wahrnahm, dass sie beiläufig den Stiel ihres Glases zwischen den Fingern drehte, so wie er und sie überhaupt die Angewohnheit hatten, mit den jeweils vor ihnen stehenden Trinkgefäßen zu spielen.

Allein unter Weinkennern: Wie befremdlich für jemanden wie mich, der sich aus Alkohol nichts macht und der immer mit leiser Geringschätzung auf jene Mitmenschen hinunterzusehen pflegt, die ohne nicht leben können. Aber dieses Beisammensein schien unvermeidlich, seit ich den beiden zum ersten Mal begegnet war, unmittelbar nachdem ich gestern Nachmittag das Hotel betreten hatte und mich im schwitzgrauen Hemd, schmutzblauer Jeans und verkrusteten Wanderstiefeln an der Rezeption der Gnade und den pikierten Blicken des diensthabenden Mitarbeiters ausgeliefert fand, während sie und er gerade ihren Schlüssel holten und sie mich mit amüsiert hochgezogener Augenbraue und dem natürlichen Selbstverständnis der mondänen, eleganten Endvierzigerin unverhohlen gemustert hatte. Schon am gleichen Abend war es im Restaurant zu einer erneuten Begegnung gekommen, aber nicht sie, sondern er machte überraschenderweise den Anfang, stand mit einem Mal an meinem Tisch, entschuldigte sich, stellte sich vor, erkundigte sich, ob ich der sei, den er glaubte schon an der Rezeption erkannt zu haben, und ich ward, nachdem ich dies bejahen konnte, an ihren Tisch eingeladen. An diesem ersten Abend war er noch der Gesprächigere von beiden gewesen, hatte die zunächst lau plätschernde Unterhaltung sanft, aber mit unverkennbarem Nachdruck, auf den von ihm gewünschten Kurs manövriert, war schließlich in sein Fahrwasser gelangt, hatte ausdauernd und mit sichtlichem Genuss am Klang der eigenen Stimme über Künstlerisches, Wissenschaftliches, und natürlich, um mich mit seinem fachlichen Durch- und Überblick zu beeindrucken, auch über meine Disziplin, die Literatur, doziert, fürderhin über seine Karriere, seinen Lebensweg, seine Jugend, hatte insbesondere bei Letzterem immer ausgiebiger dem Wein zugesprochen und mich dabei offensichtlich im Lauf des Abends so sehr ins Herz geschlossen, dass er sich schließlich, kaum dass man sich drei Stunden und noch mehr Flaschen Wein lang kannte, zu dem Geständnis verrannte, dass ich der Sohn sein könnte, der ihm nie vergönnt war. Das darauffolgende Schweigen war von durchaus betretener Natur gewesen – hauptsächlich ihres und meines –, es war danach höchste Zeit, die Runde aufzulösen, und nach einem feierlichen Eid, auch am nächsten Abend wieder bei Tisch präsent zu sein, war ich als Sohn zunächst entlassen. Sie packte ihn mit sicherem Griff am Arm und manövrierte ihn aufs Zimmer, ich trollte mich auf meines, und die junge Familie begab sich zur wohlverdienten Nachtruhe. Meinen Schwur konnte ich trotz der unangenehmen Offenbarung kaum brechen; ich musste notgedrungen zwei Tage im Hotel bleiben, um meine Wanderausrüstung zu säubern und Kleidung zu reinigen, also hätte ich mich vor den beiden verstecken oder eine Ausrede erfinden müssen. Zwar verspürte ich wenig Drang danach, die Monologe des Professors sowie seine Sitten und Unsitten des Trinkens nochmals einen ganzen Abend lang zu ertragen, aber wenn ich zugesagt hatte, dann nur, weil ich höflich sein wollte, weil ich auf meiner Wanderung bislang nicht viel Bekanntschaften geschlossen hatte, und weil mir die sporadischen Blicke seiner Frau einfach Spaß machten.

Er war jedoch heute weit zurückhaltender als am Vortag, entweder war ihm sein gestriges Geständnis, sofern er sich daran erinnern konnte, peinlich, oder er begann die Blicke seiner Frau, die nicht ihm galten, zu bemerken. Nicht, dass sie schamlos flirtete, im Gegenteil, sie arbeitete sehr subtil, aber gerade deswegen musste er es als doppelt gemein empfinden, und ich gab mir Mühe, nicht darauf einzugehen, es lag mir fern, eine – immerhin, wie mir stolz zugetragen wurde, im silbernen Jubiläum stehende – Ehe zu gefährden, übte mich also in ritterlicher Zurückhaltung und gab vor, ihre Avancen nicht lesen zu können. Vielleicht maß ich dem allem auch zu viel Gewicht bei, vielleicht dachte sie sich gar nichts bei ihrem Tun – was ich selbst nicht glaubte, sie dachte sich wohl etwas –, und ich überlegte, ob dies nur eine achtlose Gewohnheit von ihr war, und ob er, lang verheiratet und weitgereist wie sie waren – und im Hinblick auf den Altersunterschied –, sich damit nicht schon grundsätzlich abgefunden hatte. Unglücklich wirkten sie oberflächlich betrachtet keineswegs, sie gaben sich als eingespieltes Team, welches sich mit Reisen die Zeit vertrieb – aber man fragt sich natürlich, wieviel Reiz, wieviel Anziehung, wieviel Zuneigung noch besteht, wenn ein Paar im Lauf der Jahre zu einem Team zur Bewältigung der Aufgaben des Alltags gefroren war, in dem jeder nur noch die ihm zugedachten Tätigkeiten verrichtete und alles auf kaltes Funktionieren und fehlerfreie Routine hinauslief.

Der Professor musste fünfundzwanzig Jahre und einige Hektoliter Riesling jünger durchaus einmal passabel ausgesehen haben, jetzt allerdings gab er im ausgeleierten Fischgrätsakko, mit dünnem Haarkranz und von zu viel praktischer Beschäftigung mit seinem Steckenpferd dauergerötetem Gesicht eine eher drittklassige Figur ab. Warum man so oft nette, jüngere Frauen sich an komische, ältere Männer ketten sieht, war mir seit jeher und auch in diesem Fall ein Rätsel: Junge Studentin schmeißt kurz vor dem Abschluss für ihren Professor das Studium hin, es wird geheiratet, und sie konzentriert sich fortan auf die Rolle der Dame des Hauses. Ihn stellte ich mir zu jener Zeit vor als den stets väterlich Mahnenden, mit sonorer Stimme und gönnerhaftem Wohlwollen die Hand liebevoll schützend über ihre mädchenhafte Ausgelassenheit haltend, bis sich im Weggang der Zeit die Pole umgekehrt hatten und sie es nun war, welche schützte, führte und kontrollierte. Anzeichen von Zärtlichkeit oder einfach nur leise glimmende Reste ehemals glühender Liebe vermochte ich keine zu erkennen: kein Kuss, keine Umarmung, keine Herzlichkeit, kein verliebter, geschweige denn freundlicher Blick, nicht mal eine

Berührung, nichts. Und doch: Irgendwann musste es einmal Liebe gewesen sein.

"Was glauben Sie, wird Gadamer machen, wenn Sie an seine Tür klopfen?" fragte sie, mit ihren langen schlanken Fingern das Weinglas liebkosend.

"Ich hoffe, er öffnet sie und wird mich hineinlassen", antwortete ich.

"Und wenn er Sie nicht hineinlässt? Was machen Sie dann?"

"Ich sage ihm, dass ich nicht wochenlang durch das halbe Land renne, um mir am Ende die Tür vor der Nase zuschlagen zu lassen."

"Rufen Sie ihn doch an. Warnen Sie ihn vor."

"Damit erschrecke ich ihn nur. Er würde sich verbarrikadieren."

"Er hat sich doch längst verbarrikadiert! Es heißt, er hätte Mauern und Stacheldraht ums Haus."

"Das habe ich auch gehört. Und er frisst Journalisten und kleine Kinder."

Sie setzte das Glas an die Lippen, trank langsam, ließ mich dabei nicht aus den Augen und lächelte durch das Glas hindurch. Ein paar Strähnen ihres rotbrünett flimmernden Haars fielen ihr in die Stirn.

"Aber wenn er wirklich nicht öffnet", sagte sie dann, "sind Sie wochenlang für nichts durch Wälder und Wiesen gestapft."

Der Professor rutschte unruhig auf seinem Platz hin und her, wusste nicht wohin mit seinen Händen, legte die eine auf die Tischplatte, die andere aufs Knie, stierte nervös hinaus in die Landschaft, tat es schließlich seiner Frau gleich und fingerte am klebrigen Stiel seines Weinglases herum. Dann fand er neue Ablenkung, griff zum Salz- und Pfefferstreuer und ließ die beiden Gefäße im Zweivierteltakt aneinanderklacken. Sie missbilligte sein Tun mit einem giftigen Seitenblick, den er ignorierte.

"Wissen Sie, was das Faszinierendste ist an Gadamer?" wandte sie sich wieder mir zu. "Seine Stimme. Haben Sie mal seine Rundfunkaufnahmen aus den fünfziger Jahren gehört? Was für ein wunderbarer, warmer Bariton. Er sollte Platten aufnehmen. Ich würd' sie alle kaufen und mich nur am Klang berauschen."

Der Professor vergaß für einen Moment den Zweivierteltakt, ließ die Perkussionsinstrumente ruhen und mischte sich lautstark ein: "Platten aufnehmen, was ist das denn für ein Unsinn. Er ist doch Schriftsteller, kein Sänger."

"Ich meine Sprechplatten!" wehrte sie sich. "Er könnte seine Romane doch auf Platte sprechen. Mit dieser Stimme…"

"Nein, nein, nein. Bedenke doch, so ein Roman hat vielleicht fünf- oder achthundert Seiten, das dauert ja Stunden, wenn nicht Tage, bis das alles vorgelesen ist. Und das passt doch alles gar nicht auf eine einzige Platte. Eine Schallplatte hat doch kaum mehr als eine Dreiviertelstunde oder höchstens eine knappe Stunde Spielzeit."

"Na und? Dann soll er halt fünf oder acht Platten besprechen. Mir wäre das egal. Je mehr, desto besser."

"Es gibt Autoren, die das gemacht haben, so ungewöhnlich ist das ja nicht, aber nicht mit ganzen Romanen, sondern mit Erzählungen und Gedichten. Das hat alles durchaus seine Berechtigung. Ich hingegen glaube – und du kannst mich dafür gern altmodisch nennen –, dass die Schriftsteller auch heutzutage, in diesem technischen Zeitalter, immer noch darauf vertrauen, dass die Leserschaft genau das kann, was ihren Namen ausmacht, nämlich lesen, und nicht darauf angewiesen ist, sich vorlesen zu lassen. Dir sitzt ein

Schriftsteller gegenüber, bitte frag ihn."

Er vermied es, mich bei diesen Worten anzusehen, schenkte sich Wein nach, hob das Glas ins Licht, schwenkte es mit prüfendem Blick. "Sprechplatten, was für ein Unsinn", setzte er noch unwillig nach und trank in großen Schlucken.

"Ach was", sagte seine Frau, "du wirst sehen, in zehn oder zwanzig Jahren gibt es keine Bücher mehr, und wir haben alle nur noch Sprechplatten zuhause. Goethe, Schiller, Gadamer. Gesamtausgabe. In Stereo. Und die Umwelt profitiert auch davon, wenn kein Baum mehr für Fontane sterben muss."

"In zehn oder zwanzig Jahren", brummelte der Professor und setzte das geleerte Glas ab, "wenn ich da noch auf diesem Planeten weilen sollte, dann werde ich genau wie heute mit einem zwischen Buchdeckeln gebundenen Packen Papiers ins Bett gehen, und nicht mit einer Scheibe aus Vinyl. Punktum."

Sie zischte irgendwas, wischte seinen Kommentar mit einer ungeduldigen Handbewegung beiseite und rückte näher zu mir. "Und Sie wollen wirklich den ganzen Weg bis vor Gadamers Haustür zu Fuß gehen? Nicht mal ein bisschen schwindeln zwischendrin und den Zug nehmen? Auch wenn's regnet?"

"Zu Fuß", bestätigte ich. "Auch im Regen."

"Warum machen Sie es sich denn so schwer? Suchen Sie immer die schwierigen Wege im Leben? Wenn ich mir das so vorstelle, zu Fuß über hunderte Kilometer bei jeder Witterung… Sie machen das doch nicht nur aus Spaß. Was für eine Art von Sinnsuche ist das?"

"Eine Sinnsuche ist es überhaupt nicht. Ich wollte immer schon eine lange Wanderung unternehmen."

"Und schreiben Sie ein Buch darüber? Ihr Verlag ist doch bestimmt schon ganz gierig darauf."

"Der Verlag weiß davon nichts, bislang ist das alles nur zu meinem privaten Vergnügen. Aber ich führe ein kleines Notizbuch und fotografiere. Vielleicht wird es ja ein schönes Fotoalbum."

"Aber Sie werden sich doch nicht jeden Tag ein Hotel wie dieses leisten können?"

"Das ist auch gar nicht meine Absicht. Billige Gasthöfe oder eine Scheune ab und zu reichen mir, und wenn's gar nicht anders geht, dann eben im Schlafsack."

"Hörst du das?" Sie stupste begeistert ihren Mann an, doch eigentlich war es kein Anstupsen, es war ein Anrempeln, eine durchaus grobe, gemeine Bewegung mit dem Ellenbogen, die ihn nicht nur wachrütteln sollte, sondern auch sagte: Sieh dir an, was dieser junge Kerl alles macht, und dann schau dich an, du lahme Ente, mit der schon lange nichts mehr los ist. Der Professor jedoch erging sich lediglich in stoischer Miene und trotzigem Schweigen.

"Sie sind ein Romantiker", sagte sie sanft, ihr Knie an meinem Oberschenkel reibend.

"Ich habe von Gadamer nichts gelesen", polterte der Professor dazwischen, sich in weingetränkter Entrücktheit wacklig nachschenkend, und es war ihm anzuhören, dass er beim Sprechen mittlerweile deutlich Mühe hatte, seine Zunge zu finden. "Oder ich kann mich nicht erinnern, ich weiß es nicht… und Sie wandern zu ihm, weil Sie ihn verehren?… Das sind biblische Dimensionen, wahrhaftig: Der Jünger sucht seinen Meister, nimmt dafür eine lange, entbehrliche Reise auf sich… eine Wallfahrt, und wird zum letzten Wanderer dieses Landes… der Wanderer, eine aussterbende Art… nein, eine ausgestorbene Art! In unserer Zeit ein Unikum, ein Anachronismus, ein Ding von gestern… ein Ding fürs

Museum eigentlich. Und deswegen so schützenswert. Auf Ihr Wohl!"

Er hob das Glas, starrte verhangenen Blickes durch mich hindurch und rief: "Ein Prosit dem letzten Wanderer. Mögen Sie stets auf dem richtigen Weg bleiben." Er trank, trank aus, lehnte sich zurück und sackte mit geschlossenen Augen, das Glas im schlaff werdenden Griff, leise schnarchend zur Seite.

II

Einmal noch hielt ich inne, als ich am frühen Morgen vor dem Hotel stand, ließ Gedanken und Blick hinunter über Fluss und Weinberge wandern, trottete dann die Hotelzufahrt hinunter, immer hügelabwärts, und gelangte auf die Straße, die in den Ort hineinführte. Keineswegs schritt ich eilig aus, eher im gewohnten, gemächlichen Takt des Wanderers, der Zeit, Muße und ein Auge für die Details am Wegesrand hat, erreichte bald die Ortsmitte, wo ich mich nach Norden, meiner Zielrichtung, wandte, und auf den Ortsausgang zusteuerte. Noch am Ortsschild verließ ich den gepflasterten Untergrund und wanderte auf Feldwegen zwischen schossendem Weizen, immer die Sonne im Blick behaltend, um auf Kurs zu bleiben. Ein starker Ast, den ich mir am Waldrand brach, leistete mir als Wanderstab Dienst. Die Witterung gab sich mild, der Himmel glänzte, das Land lag still und menschenleer. Gesellschaft leisteten mir nur lärmige Sperlingsschwärme oder ein paar Krähen, die auf den Feldern zwischen den Schösslingen tänzelten und scheinbar gleichgültig abzogen, wenn man ihnen zu nahe kam. Die Landschaft spannte sich vor mir wie ein Aquarell: vorne kräftige, deckende, am Horizont dunstige, flüchtige Farben. Das einzige konstante Geräusch war das meiner Schritte auf wechselnden Untergründen: Mahlend auf Kies, knisternd im Gras, knirschend auf Asphalt. Dazwischen störte ab und an das Dröhnen einer Autobahn oder einer Landstraße, welche ich wie immer so weit wie möglich zu umgehen suchte, keine Trübung meiner Vorstellung einer makellosen, nur aus Wegen, Hecken, Wäldern und grünen Ebenen zusammengesetzten Landschaft duldend.

Zwei Dörfer lagen am Weg. Im ersten erstand ich eine Flasche Wasser, das zweite ließ ich buchstäblich links liegen und visierte einen Ort an, den ich nach Kartenstudium und überschlagener Kopfrechnung zur Mittagszeit erreichen würde. Hinter einer Baumgruppe verborgen fand ich einen idyllisch schilfumrankten Weiher vor – doch die Idylle war nur Illusion, denn eine Abteilung Stahlfachwerkriesen, dem Stromtransport dienend, beherrschte mit ausgebreiteten Armen den Horizont, und unsichtbar, aber in Hörnähe, tuckerten Züge über einen Bahndamm. Ließ man all dies außer Acht und konzentrierte sich auf die unmittelbaren Gegebenheiten, wurde aus diesem Platz doch wieder eine beschauliche, in sich geschlossene Oase, Körper und Geist als Rasthaus dienend. Den Rucksack abstellend, hockte ich mich ins Gras, an den Stamm eines gramgebeugten Baumes gelehnt, dessen herabhängende Äste das glasgrüne Wasser streichelten, und blickte ins Land.

Eine Landschaft ist nie unbeweglich, sie tut nur so: Baumwipfel tänzeln losgelöst im Wind, Wolken wandern leise, Wasser wirft stille Wellen, zwitscherndes Flugvolk zieht am Himmel, alles im steten Licht des Tages mit sich drehenden und dehnenden Schatten. So saß ich in wohliger Harmonie mit mir selbst und mit diesem Landstrich, der mich so freundlich aufgenommen hatte, spürte alsbald Müdigkeit mir die Augen verkleben, war bereit, mich der Ruheforderung des Körpers hinzugeben, hatte aber vorher noch das unbedingte Verlangen, an diesem beschaulichen, für etwas lyrisches Pathos wie geschaffenen Platz, ein paar Zeilen Gadamer zu lesen. Schwer war der Entschluss gewesen, welches seiner zahlreichen Werke mir auf der Reise zu ihm Last und Lust gleichzeitig sein sollte, und ich hatte mich dann aus praktischen Gründen – es galt schließlich, das Gewicht des Rucksacks niedrig zu halten – für einen schmalen Band mit Erzählungen und Gedichten entschieden, den ich mir schon vor längerer Zeit besorgt, bislang es aber nicht geschafft hatte, mich ihm zu widmen, und die Reise schien mir jetzt der passende Anlass, mich dem Autor im doppelten Sinn zu nähern: zunächst über sein Werk und zuletzt räumlich. (Dazu sei an dieser Stelle noch gesagt, dass der Wunsch, sein Idol – welch schweres, gewichtiges Wort! – persönlich kennenlernen zu wollen, so wie ich es vorhatte und was letztlich auch der Zweck meiner Reise war, mir durchaus natürlich und nachvollziehbar scheint, gleichzeitig jedoch auch unvernünftig und naiv. Im Vorfeld hatte ich mir laienhaft psychologisierend zusammengereimt, dass, allgemein formuliert, dahinter ultimativ immer nur der unbewusste Drang steht, durch die Bekanntschaft mit Prominenz sein eigenes Ich zu erweitern, zu erhöhen, schließlich zu überhöhen. Zwar hatte mir das Verlangen, mich mit dem Menschen Gadamer auseinanderzusetzen, einerseits immer widerstrebt, weil mich prinzipiell das Werk eines Schaffenden interessiert und nicht der Schaffende selbst, jedoch hatte ich andererseits erkennen müssen, dass der Drang zur Heldenverehrung samt seiner innewohnenden Irrationalität auch in mir tiefer und fester verwurzelt schien, als ich hätte ahnen können und zugeben wollen. Aber natürlich war ich in meinem Tun nicht allein, denn Künstler, egal ob Schreiber, Tonsetzer oder Pinsler, ziehen bekanntermaßen seit jeher eine entsprechende Gemeinde aus Anhängern und Verehrern an, welche nicht nur vom Werk, sondern immer auch von dessen Schöpfer fasziniert ist. Es ist, offensichtlich, nur menschlich.)

Im Rucksack wühlte ich nach dem in eine durchsichtige, mit einem klackenden Druckknopf verschließbare Plastikhülle verstauten Büchlein. Zu kostbar war mir der Band, als dass ich ihn einfach so schmutziger Wäsche und Keksbröseln ausgesetzt hätte, und ich wollte ihn am Ende der Reise in der gleichen Makellosigkeit vorfinden, in der ich ihn eingepackt hatte: mit dem strahlweißen Leineneinband, den die Fingerspitzen so gern fühlten, der eleganten schwarzen Prägeschrift auf Buchdeckel und -rücken, dem kompakten Block aus zartem, dünnem Papier, und dem metallisch fliederlila glänzenden Lesebändchen, an dem ich so gern herumzupfte und das farblich so wunderbar mit dem purpurnen Kopfschnitt des Buches korrespondierte. Schon mit schlafschwerem Haupt begann ich zu blättern, fand ein Gedicht von ihm, ihm, dem Prosagiganten, der es nicht lassen konnte, sich gelegentlich an Lyrik zu üben, ungeachtet der darob oft so hämischen Urteile all jener leider meist unüberhörbaren Meinungstrompeter, den Kritikern der Sonntagszeitungsfeuilletons, die als selbsternannte

Chefdenker in Sachen Literatur den Denkenlassern, ihren Lesern, in Permanenz und Ungefragtheit einhämmerten, dass Dichtung in Versform nicht Gadamers *forte* sei. Selbst lese ich selten Gereimtes und hätte mich keineswegs als Auskenner in diesem Feld bezeichnet, kann mich aber dem Reiz allem, was Gadamer, Lautmaler, Sprachkomponist und syntaktischer Drechslermeister, der er nun mal ist, in Schrift verewigt hat, ob nun gereimt oder geradeaus, nur schwer entziehen. Als Gelegenheitslyriker versuchte er keineswegs übermäßig zu schillern oder zu goethen, sondern bewegte sich im Reich der Reime inhaltlich mannigfaltig zwischen Überwirklichem bis leicht Boshaftem. Bevor ich einnickte, fand ich dieses nur vier schmale Ströphchen kurze Gedicht:

Flickerlicht bricht
im Gedankendickicht
auf den Spuren
des Nirgendwo.

Worte regnen
aus deinem Lächelgesicht
hinein ins Farbendoppel
des Irgendwo.

Meeresaugen
erzählen Feengeschichten,
die im Windmühlspiel
sich selber dichten.

Zwischen Trauerweidenträumereien
und sich windendem Wind

Ein neues Leben
Ein Sonnenkind.

*

Mit einem Ruck wachte ich auf. Direkt vor mir schwebten die Umrisse eines Menschen – eines sehr kleinen Menschen. Mit fahrigen Bewegungen suchte ich mich zu sortieren, fand das kostbare Buch neben mir im Gras liegend, nahm es an mich und wischte hastig drüber, obwohl es gar nicht schmutzig war, steckte es in die Hülle und dann in den Rucksack, rutschte, langsam zu mir kommend, auf dem Hosenboden in der sandigen Kuhle vor dem Baum hin und her, mich umständlich und verlegen räuspernd, in der Bemühung, klarer zu werden. Um den gesichtslosen Schatten vor mir im blendenden Gegenlicht entziffern zu können, hielt ich schützend die Hand vor die Augen, konnte aber erst, als er sich aus der Sonne bewegte, erkennen, dass es sich um ein kleines Mädchen handelte – ein kleines, asiatisches Mädchen in Jeans, Pulli und Turnschuhen, mit hübschem rundem Kindergesicht, unter jettschwarzer Ponyfrisur dunkel kullernden Augen und wohl kaum mehr als sieben oder acht Lenzen auf den schmalen Schultern. Es stand einfach da, sagte nichts, lachte auch nicht, sah mich nur eine Weile stumm an, wandte sich dann von mir ab und ließ den Blick in die Gegend schweifen. Mit angestrengt aufgeräumtem Tonfall und immer noch dabei, mich den Fängen des Schlafs zu entziehen, sagte ich ein paar Worte, aber sie sah mich nur flüchtig an, begann dann Steine aufzusammeln, warf einen nach dem anderen in den Weiher, und beobachtete träumerisch mit leicht zur Seite geneigtem Kopf, wie die Wellen sich kreisend im Wasser ausbreiteten und am Ufer brachen. Mich erhebend, griff ich ebenso zu einem Stein und tat es ihr nach, aber sie beachtete mich nicht, setzte sich ins Gras und türmte ein kleines Häufchen aus Steinen auf, die sie, nachdem sie jeden einzelnen mit der Handfläche geputzt und auf Form und Schönheit geprüft hatte, nacheinander ins Wasser ploppen ließ. Nachdem der letzte Stein geworfen war, legte sie die Hände in den Schoß, drehte sich um und lachte schüchtern. Die Gelegenheit nutzend, wühlte ich im Rucksack, raschelte die Kekspackung hervor, schüttelte diese etwas, so dass die Kekse nach vorne rutschten, und hielt sie ihr hin. Ohne Zögern schnappte sie zu und knabberte das Backwerk eilig hinunter, so als wäre sie richtig hungrig. Nachdem ich die Packung neben ihr ins Gras gelegt hatte, bediente sie sich mit kindlichem Selbstverständnis und ohne falsche Bescheidenheit, grinste mich zwischendrin fröhlich an, und mit einem Mal fand ich sie richtig niedlich, wie sie dasaß, mit der Rechten wieder begann, Steine ins Wasser zu werfen und mit der Linken die Kekspackung räuberte. Auf die Frage nach ihrem Namen erntete ich wieder nur Schweigen, so folgerte ich, dass sie entweder meine Sprache nicht verstand oder einfach nur ein bisschen verlegen war. Schließlich stand sie auf, putzte sich den Hosenboden, wandte sich zum Gehen, lief ein paar Schritte, drehte sich um und blieb stehen. Mit beiden Händen vollführte sie eine auffordernde Geste, und natürlich wusste ich nicht, wohin sie wollte, aber wie hätte ich so einer charmanten kleinen Einladung widerstehen können? Sobald ich den Rucksack geschnürt und nach dem Wanderstab gegriffen hatte, folgte ich ihr. Sie ging voran, immer ein paar Meter voraus, sich ab und an umdrehend, als ob sie sich vergewissern wollte, ob ich Schritt halten konnte. Wir verließen den kühlen Grund am Weiher, folgten eine Weile dem dunklen Band eines vor noch nicht langer Zeit geteerten Sträßchens, und erreichten ein parkähnliches Waldstück, hinter dem die Umrisse einer Stadt flirrten, beherrscht wie viele Orte vom unvermeidlichen Kirchturm, schachteligen Wohnkästen und qualmenden Fabrikschloten. Kurz innehaltend, fingerte ich die Karte hervor und wunderte mich, warum darauf kein Ort dieser Größe verzeichnet war, fragte mich sogleich, ob ich mich eventuell im Vorfeld schon verrannt hatte und mich fälschlicherweise an richtiger Stelle wähnte oder umgekehrt. Sollte die Sonne nicht unvorhergesehen aus der Bahn geraten und Norden nach Süden verrutscht sein, dann müsste dieser Ort doch... ich kam völlig durcheinander und steckte das zweifelhafte Druckwerk beiseite, ich fand keine Erklärung und sagte mir, es sei nicht sinnvoll, die Existenz einer Stadt anzuzweifeln, solange man sie direkt vor sich hatte. Aus dem Sträßchen wurde allmählich eine Straße, die ersten Autos rauschten vorbei, wir wechselten auf den Gehsteig. Das kleine Mädchen hielt immer noch Abstand, lugte immer noch von Zeit zu Zeit über die Schulter. Bald war der Ortseingang passiert, wir durchquerten ein Wohngebiet, gelangten danach an eine belebte Hauptverkehrsader des Ortes, und von dort ging es in eine Seitenstraße, wo die Kleine flugs im Eingang eines Gasthofes verschwand. Nach kurzem Zögern folgte ich ihr und betrat das Gebäude. Sie hatte auf mich im Halbdunkel des Ganges gewartet, von links aus der Gaststube drang Stimmendurcheinander, Gläserklirren, Besteckklappern und Nikotinnebel, geradeaus führte eine Treppe nach oben. An der Wand kündete ein Plakat von einer Veranstaltung, ich trat näher und studierte die Details, es handelte sich um ein fernöstliches Schattenspiel, welches heute Abend im Haus stattfinden sollte. Während ich las, sah die Kleine erwartungsvoll zu mir hoch, danach flitzte sie die Treppe hinauf. Oben wurde sie von einem Mann eingefangen, der halblaut auf sie einsprach, und auch wenn mir die Sprache nicht geläufig war, verstand ich doch, was er sagte, denn der besorgte Tonfall, in dem Eltern auf verlorengeglaubte Kinder einreden, ist international. Es gab einen kleinen Wortwechsel zwischen den beiden, dann blickte der Mann über das Treppengeländer herunter und nickte mir zu. Die Kleine nutzte den Moment zur Flucht und lief kichernd den Gang entlang, ihr Vater hinterher, beide entschwanden aus meinem Blickfeld.

*

Eine Leinwand, hauchdünnem Gold gleich, unruhig irrendes Licht dahinter, die Gesichter der Umsitzenden mit flackernden Schatten bemalend, bis es in Mittagssonnenposition zur Ruhe kam, dazu schraubten sich leise Flötenklänge hoch, gestützt vom Rhythmus einer Handtrommel. Im Veranstaltungssaal des Gasthofes, wo sich vielleicht zwanzig bis fünfundzwanzig Interessierte eingefunden hatten, war es ansonsten erwartungsvoll still, nur ab und an knarzte von irgendwoher im Halbdunkel ein Stuhl oder Kleidung raschelte. Flöte und Trommel stoppten irgendwann wie ausgeknipst, und von hinter der von der Zimmerdecke bis zum Boden gespannten Leinwand trat ein Mann hervor, den ich gleich erkannte, es handelte sich um den Vater des kleinen Mädchens. Er bedankte sich in akzentgefärbtem Deutsch für das Erscheinen des Publikums, wies darauf hin, dass die Vorstellung in der

Sprache seines asiatischen Heimatlandes stattfinden würde, erläuterte als Verständnisstütze Details der zu erwartenden Handlung, in der, wie so oft auch im abendländischen Drama, der König im Mittelpunkt höfischer Intrigen und tückischer Komplotte stehe, und schloss, er hoffe, dass sich die Grundzüge der Geschichte mit Hilfe dieser Einführung dem wohlwollenden Zuschauer einigermaßen erschließen möge. Nochmals dankend, verbeugte er sich angedeutet und huschte danach unter leise klapperndem Applaus wieder zurück hinter die Leinwand. Das Licht dahinter schmolz zusammen und verlosch schließlich, gleichzeitig ebbten auch alle Geräusche ab. Da es im Saal keinerlei Notbeleuchtung gab, saß man für einige gespannte Sekunden in völliger Dunkelheit, bis die Musik wieder anhob, etwas nachdrücklicher als vorher, wieder die Flöte, mit stark vokalem Timbre diesmal, geführt vom silbrig weichen Klirren eines Schellenkranzes. Das Licht hinter der Leinwand kam zurück, zunächst nur als kleiner Punkt unten in der Mitte, alsbald größer werdend und die Szenerie taghell erleuchtend, und, wieder wie vorhin, sonnengleich, diesmal jedoch nicht in die Mitte, sondern in die obere linke Ecke aufsteigend. Flöte und Trommel verstummten, es kamen zwei Silhouetten ins Bild, scharfe Schatten feingliedriger Figuren in halber Lebensgröße mit beweglichen Gliedmaßen, und in näselndem Tonfall setzte eine Erzählerstimme ein, die erst mit dramatischem Zittern daherkam, schließlich mit zarter Leichtigkeit in einen beschwörenden Singsang verfiel, und mit ihr verloren die Figuren an Schwere, erhoben sich in die Luft, wischten und zischten scheinbar wachsend und wieder schrumpfend durch Räume und Dimensionen, von links hinaus und von rechts wieder herein, und der Schellenkranz klirrte dazu. Es traten im

Verlauf des Stückes noch viele weitere Figuren auf: Eine kleine Schar Bauern mit breiten Hüten, Soldaten mit Lanzen und hohen Helmen, dann einer mit langer Nase und Buckel, der offensichtlich einen Schurken darstellte, eine Prinzessin, ebenso fragil wie filigran im lang wallenden Kleid, und als zentraler Orientierungspunkt der König, die weitaus imposanteste, am meisten ornamentierte und verschnörkelte Figur, in Schattenkleidern prächtig gewandet, den Herrscherstab in der Rechten, als Krone ein spitz zulaufendes Türmchen auf dem Kopf. In manchen Szenen waren sechs oder acht Figuren auf einmal zu sehen, und man fragte sich, wie viele Puppenspieler eigentlich hinter der Leinwand sein mochten. Es war alles in allem ein gelungenes Schauspiel, und der Vater des Mädchens hatte recht gehabt: obwohl man die Sprache nicht verstand, war es schwer, sich der Faszination der Schatten zu entziehen. Die angesetzten anderthalb Stunden verflossen zügig, wobei noch angemerkt sei, dass der Puppenspieler bei seiner Einführungsrede darauf hingewiesen hatte, dass Stücke dieser Art sich in seiner Heimat oft nicht nur über Stunden, sondern sogar Tage hinzögen, man jedoch aus Rücksicht auf hiesige Gepflogenheiten das Publikum nicht überstrapazieren wolle. Als das Licht hinter der Leinwand aus- und das Deckenlicht wieder anging, wurde zu meinem Erstaunen recht mäßig applaudiert. Von hinter der Leinwand schälten sich die asiatischen Künstler hervor: zwei Musiker, in den Händen noch Trommeln, Flöte und Schellenkranz, sowie einmal der Vater des Mädchens und ein etwas jüngerer Kollege, und man bedankte sich mit höflichen Verbeugungen, bis der Saal sich geleert hatte. Anschließend belegte ich in der nebenan liegenden Gaststube einen Tisch in der Ecke neben der Bar, studierte die Speisekarte, fand jedoch kein adäquates

Mahl, bestellte daraufhin nur etwas zu trinken und machte mir in mein Reisetagebuch ein paar Notizen über das gerade Erlebte. Etwas später betraten die vier Schattenspieler in Begleitung einer Frau die Gaststube, suchten sich einen Tisch unweit von meinem und orderten zu essen. Der Vater des Mädchens, welches wohl schon schlief, blickte irgendwann von seiner Mahlzeit auf, sah mich, nickte mir zu, so wie schon vorhin auf der Treppe, und die Frau am Tisch, welche neben ihm saß und von der ich vermutete, dass sie seine Ehefrau und die Mutter des Mädchens war, sah zu mir herüber. Nach dem Dessert rauchte sie eine schwarze kirschduftende Zigarette, deren schwere süßliche Wolken zu mir herüberzogen. Gesprochen wurde dort am Tisch meist gedämpft in der asiatischen Heimatsprache, aber ich konnte auch hören, dass die Frau akzentfrei Deutsch sprach.

Noch immer saß ich über meinen Aufzeichnungen, war dabei, der Gewohnheit nach, welche meine Profession mit sich bringt, diese druckreif und fehlerfrei zu schleifen und zu schnitzen – es stimmte durchaus, was ich zur Frau des Professors gesagt hatte, die Reise diente nicht als Grundlage für ein Buch, ich gab lediglich meinem natürlichen Drang zum Schreiben nach –, als ein neuer Gast die Stube betrat, ein etwa sechzigjähriger Mann, der an der Bar ein Bier bestellte, sich jedoch nicht setzte, sondern sich, den Raum überblickend, an den Tresen lehnte. Er erinnerte mich etwas an den Professor: Der schüttere Haarkranz, das gerötete Gesicht, der alkoholglasige Blick. Doch während der Professor im angetrunkenen Zustand meist noch heiter bis freundlich und harm- bis hilflos dreingeschaut hatte, funkelte in den Augen dieses Mannes hauptsächlich eines: die unverhohlene Lust auf

Streit. Verstohlen beobachtete ich ihn, wie er in kurzer Zeit das Glas leer hatte, die Bedienung ihm schon das nächste hinstellte, und er auch dieses sofort bis zur Hälfte austrank. Es war dann nicht schwer zu erkennen, dass er die potenziellen Opfer seiner schlechten Absichten längst gefunden hatte: die Puppenspieler, die in seiner unmittelbaren Nähe saßen. Hohn und Hass deformierten seine teigigen Gesichtszüge, als er begann, die fünf Leute unablässig anzustarren, denen diese visuelle Attacke natürlich nicht verborgen blieb, gleich sie sich nicht provozieren ließen. Langsam griff der Mann zum Bierglas, trank es leer, ohne den Blick von den Puppenspielern abzuwenden, stellte es zurück auf die Theke, wischte sich mit dem Ärmel über den Mund und fing an, kleine, unverständliche Flüche und Verwünschungen in wütend knurrenden Lauten von sich zu geben. Den Asiaten war es sichtlich unangenehm, sie berieten sich leise, verhielten sich aber nach wie vor zurückhaltend. Der Mann bellte, ohne den Blick von den Leuten abzuwenden, nach dem dritten Bier, das er in Sekunden, und ohne abzusetzen, hinunterzog, und baute und plusterte sich, die Hände in die Jackentaschen gebohrt, vor dem Tisch auf, gab zunächst lallend und brabbelnd, dann immer aufgebrachter und aggressiver, primitive rassistische Beleidigungen von sich. Warum schritt niemand ein? Die Bedienung stand rauchend in einer Ecke hinterm Tresen und sah teilnahmslos zu, die paar anwesenden Gäste hielten sich unsicher zurück, der Wirt war nirgends zu sehen, so dass der angetrunkene Störenfried ungeniert weiter seine Beleidigungen absondern konnte. Dann stand jemand am Tisch auf, es war der Vater des Mädchens, der sich mit der Bitte um die Rechnung an die Bedienung wandte. Für den Betrunkenen war dies die Aufforderung zum Tanz. Er nahm die Hände aus den Taschen, aus seiner rechten Faust schnappte eine Klinge, er baute sich vor seinem Gegenüber breitbeinig und messerfuchtelnd auf und forderte ihn mit lautem Gebrüll auf, ihn anzugreifen. Heißes Erschrecken durchströmte mich, ich hoffte, es würde jetzt endlich jemand helfen, aber nichts geschah. Der Puppenspieler stand wie eingefroren, seine Kollegen rührten sich nicht, einige der Gäste rutschten ängstlich auf ihren Stühlen aus der Kampfzone, während der Betrunkene ungehindert mit speichelndem Mund und rotverschlierten Augen auf ihn einbrüllte, das Messer nur Zentimeter von seinem Gesicht entfernt. Die Bedienung verdrückte sich in diesem Moment unbemerkt hinter die Kulissen, Sekunden später erschien endlich der Wirt hinter dem Tresen. Er forderte den Betrunkenen auf, das Messer wegzustecken und den Gasthof zu verlassen, aber jener drehte sich um und schrie den Wirt an, er möge sich gefälligst heraushalten. Daraufhin drohte der Wirt mit der Polizei, ein Wort gab das andere, die beiden Männer krakeelten durcheinander, so laut und so viel die Lungen ihrer kugeligen Leiber hergaben. Der Betrunkene stand von mir abgewandt, so dass ich zunächst versucht war, ihn von hinten anzugreifen, aber es war mir mit leeren Händen zu unsicher. Mein Blick irrte umher nach einem Bewaffnungsgegenstand, und tatsächlich und unerwartet fand sich etwas: Mein Wanderstab, jenes fast armdicke, eineinhalb Meter lange Stück Holz, welches ich heute beim ersten Betreten der Gaststube, als ich mich nach einem Zimmer erkundigte, abgestellt und vergessen hatte, und welches nun nur fünf Schritte von mir entfernt in einer Ecke an der Wand lehnte. Bevor ich zaudernd fertigkalkuliert hatte, wie ich es am besten anstellen sollte, machte der Vater des Mädchens unvermittelt einen Schritt nach vorn und berührte versehentlich den Tisch, der dabei ein paar Zentimeter knarzend über den Boden rutschte. Der Betrunkene wurde dadurch in seiner lautstarken Diskussion mit dem Wirt unterbrochen, er drehte sich um, riss die Messerhand hoch, offenbar bereit, zuzustechen. Der Puppenspieler wich, die Arme abwehrend hochgehalten, zurück, der Angreifer setzte nach, ich fuhr vom Stuhl hoch, packte den Stock, machte einen Satz nach vorn, und drosch, das harte Stück Holz in beiden Händen, in einer völlig unkoordinierten und ungezielten Bewegung, in die ich aber meine ganze Kraft und Gewalt gelegt hatte, einmal auf ihn ein. Der Hieb traf ihn mit einem satt knackenden Geräusch irgendwo an Kopf und Schulter, das Messer glitt aus seiner Hand und schlitterte unter den Tisch, und er sackte schwankend zu Boden. Jetzt turnte auch der Wirt hinter dem Tresen hervor, packte den Unruhestifter, der noch halb bei Bewusstsein war und eben mit zitternden Gliedern einen halbherzigen Versuch unternahm, wieder auf die Beine zu kommen, am Kragen, und ließ ein paar trocken klatschende Faustschläge auf dessen Gesicht hageln. Der schwere Leib erschlaffte, er kam rücklings und bewegungslos auf dem Boden zu liegen, und die Bedienung telefonierte nach der Polizei.

*

Der Formalitäten waren wenige, ich berichtete den Beamten aus meiner Sicht, was sich zugetragen hatte. Man hatte den Randalierer weggeschafft, auf die Wache, in eine Ausnüchterungszelle, ich wusste es nicht genau, es war mir egal. Meine Befürchtungen, am Ort wegen irgendwelcher

Rückfragen der Polizei festgehalten zu werden, erwiesen sich letztlich als grundlos, ich hatte lediglich meine Personalien anzugeben. Danach war ich auf mein Zimmer gegangen, ich hatte genug für heute, legte mich quer übers Bett, versuchte, den Vorfall zu vergessen, überlegte, ob ich, weil ich schon wieder in einem bequemen, modernen Hotel übernachtete und nicht in einem Heustadel oder unter einem Baum, ein schlechtes Gewissen haben sollte, beruhigte mich dann selbst, dass es mir bei der Reise ja ums Gehen, um die Fortbewegung per pedes und nicht um unkomfortables Nächtigen um jeden Preis ging, und dass nicht jeder Gasthof eine wildromantische Dorfschenke mit im Gebälk scharrenden Mäusen sein könne. Da musste es, wie in diesem Fall, auch mal eine Allerweltsbleibe in einer Seitenstraße tun. Dennoch nahm ich mir zum wiederholten Male vor, meinem Grundsatz treu zu bleiben, größere, verkehrsbelärmte und fabrikverschlotete Orte wie diesen generell zu meiden, und die kleinen lichten und luftigen Dörfer zu bevorzugen. Meine innere Unruhe ließ sich jedoch so leicht nicht vertreiben. In Gedanken kreisend starrte ich an die Decke, die bald mitkreiste, und ich war mir irgendwann nicht mehr sicher, ob ich nicht doch einfach gehen sollte, zurück auf den alten Pfad, dort wo ich hergekommen war, die vier kalten Wände und das Gefühl des Eingesargtseins hinter mir lassend, mich irgendwo unter einem Baum zum Nachtlager legend, um das Gefühl für den eigentlichen Sinn der Reise zurückzubekommen. Aber ich war erstens von eher bequemer Veranlagung und zweitens von Natur aus auch keiner ihrer Burschen, trotz meines Entschlusses, durch das halbe Land zu gehen, redete mir daher in Gedanken gut zu, dass es schon zu spät sei und außerdem wohl nicht sehr intelligent, sich nächtens in unbekanntes

Terrain zu begeben, nur um aus Prinzip Hütte gegen Palast zu tauschen. Kaum zu Ende gedacht, verachtete ich mich schon wieder für meine Inkonsequenz, sprang auf, trat ans Fenster, starrte durch die angegraute Gardine hinunter auf die im milchigen Laternenlicht liegende Straße, ein Anblick, der mit seiner Ödnis meinen Zwiespalt noch verstärkte, weil er mich einerseits an Flucht denken ließ und mich andererseits ins Bett zurücktrieb. Typisch für mich, gab ich meiner Bequemlichkeit nach, fiel wieder aufs Bett, schlug eine Zeitung auf. Der Wetterbericht drohte mit zwei Tagen Regen, aber das schreckte mich nicht. Mein Cape würde ich mir umwerfen, und solang jenes dicht blieb, war am Regen nichts weiter Schlimmes. Schon vor Monaten, als mein Auto kaputtgegangen war und mich die Reparatur ein Vielfaches seines Wertes gekostet hätte, war ich kurzerhand aufs Rad umgestiegen, und auf den ersten Regenguss, in den ich geraten war, hatte ich zunächst mit Verwünschungen und Verärgerung reagiert, bis ich eingesehen hatte, dass an der Lage nichts zu ändern war – und plötzlich fand ich es überhaupt nicht mehr schlimm, im Gegenteil, ich sah mich der vergessenen, schlussendlich sogar erheiternden, fast sinnlichen und rauschhaften Erfahrung ausgesetzt, nach langer Zeit wieder einmal Wind, Wasser und Wetter im Gesicht zu spüren, und als ich daheim ankam und triefend nass das Rad abstellte, muss mich meine durchs Fenster spähende Nachbarin aufgrund meines Grinsens für verrückt gehalten haben – dabei war ich selten so klar bei Verstand gewesen wie in diesem Moment.

Die Zeitung flog beiseite, ich widmete mich wieder Landkarte und Reiseführer, spürte alle Gasthöfe auf und markierte diese.

Der noch vor mir liegende Weg führte durch immer dünner besiedeltes Gebiet, was einerseits zu begrüßen war, andererseits aber bedeutete, dass jede Möglichkeit zur Einkehr genutzt werden musste. Ostwärts fand sich die nächsten Kilometer ein großes Waldstück, an dem ich entlang oder vielleicht sogar mittendurch wollte, um so weit weg wie möglich von der Autobahn zu bleiben, welche in geringer Entfernung parallel zum Waldrand in Nord-Süd-Richtung verlief. Bis zum Zieleinlauf lag noch eine weite Strecke vor mir. Gadamer verbarg sich in einem Dorf namens Raith, einer winzigen, an ein altes Landsträßchen gewürfelten Ansammlung kleiner Häuser mitten im flachen, kargen Braun und Grün einer langgezogenen Tiefebene, und da meine bisher zurückgelegte Strecke mit meinen vorangegangenen Schätzungen recht genau übereinstimmte, hoffte ich, wenn nichts dazwischenkam, auch zum berechneten Zeitpunkt vor seiner Tür zu stehen. Ob er sie dann auch öffnete, wie schon mit der Frau des Professors diskutiert, war die andere Frage.

Der Wetterbericht behielt recht: Am nächsten Morgen hafteten helle Regentropfen an der Fensterscheibe, und buntbeschirmte Menschen hetzten über nassglänzende Bürgersteige. Ein Sportwagen hielt unten vor dem Eingang, stand dort eine Zeit lang mit laufendem Motor, bis jemand einstieg, ich erkannte die Frau des Puppenspielers. Der Fahrer gab Gas, und der Wagen entschwand in einer zischenden Gischtfontäne. Auch für mich war es Zeit, aufzubrechen, und nach einem ausgiebigen Frühstück schulterte ich den Rucksack, warf das Regencape über, trat auf die Straße. Ich wollte weiter. Ich wollte zu Gadamer.

III

Schnell fand ich mich zurück in meinem grünen Element auf unbefestigten Pfaden an Blumenwiesen entlang, welche sich gestern noch der Sonne entgegengereckt hatten, heute hingegen sich lustlos unter der Last des Regens beugten. Der Himmel hatte sich in Farblosigkeit aufgelöst, das Land war leer, die Menschheit verschwunden, wieder war das einzige Geräusch, das ich hörte, außer dem leisen 'Blip-Blip' der Regentropfen auf meinem Cape, das meiner Wandersohlen, und selbst die Autobahn schien heute zu schweigen. Gern hätte ich, um etwas Schutz vor dem Regen zu finden, den Wald durchquert, der sich zu meiner Rechten als dunkler Saum auf einer Anhöhe auftat und laut Karte von zahlreichen Wegen durchzogen war, befürchtete aber, beim Gang dorthin über die nassen Wiesen in morastigen Untiefen nur schwer voranzukommen. Es dauerte nicht lang, dann tat sich ein befestigter Weg waldwärts auf, an den Seiten vereinzelt von Bäumen flankiert, deren Wipfel sich zornig gegen den stärker werdenden Wind wehrten. Obwohl dieser Weg nahezu stockgerade und direkt auf den Wald zuzuführen schien, konnte ich sein Ende nicht ausmachen, und ich hoffte, nicht einer Täuschung anheimzufallen und von der anvisierten Richtung abzukommen. Am Anfang der Reise hatte ich gelernt, die Sonne zur Orientierung zu nutzen, was an trüben Tagen wie diesem natürlich nicht möglich war. Einen Kompass mitzunehmen, daran hatte ich gar nicht gedacht, es wäre mir vielleicht auch etwas zu nautisch übertrieben erschienen, hätte mich aber vor Situationen wie jener vor wenigen Tagen bewahrt, wo ich einem vermeintlich geraden Pfad gefolgt war, welcher jedoch eine sanfte, unmerkliche

Kurve vollführte und mich um neunzig Grad versetzt in die Irre geführt hatte. Mein Blick wanderte immer wieder hinweg über die ungemähten Wiesen, die der unbarmherzige Wind zu einer grünen Brandung formte, auf deren spiegelnden Wellen bunte Sprenkel schüchterner Sommerblüten blinkten. Am Wegesrand, zwischen den hohen Gräsern halb verborgen auf der Erde liegend, fiel mir ein nass schwarzglänzender Ast auf, der mir ideal als Wanderstab schien (meinen anderen hatte ich nach dem Handgemenge gestern in der Gaststube gelassen). Schon trat ich näher, bückte mich, wollte danach greifen, als direkt vor meinem Gesicht ein gefiederter Keil aus den Gräsern hervorschoss und sich mit heiserem Alarmruf senkrecht über mich hinweg in die Luft katapultierte. Vor Schreck fiel ich fast hintenüber, und noch während ich taumelte, kam der graue Schatten zurück und zischte erneut dicht an meinem Kopf vorbei. Es war ein Greifvogel, der mir offensichtlich deutlich machen wollte, dass ich ihm zu nahe getreten war, und ich erkannte auch gleich, warum: Dort, zwischen den hüfthohen Halmen in einem Nest auf dem Boden, kauerten dicht aneinandergedrängt vier weißgeflaumte Jungvögel, die hungrigen Schnäbel weit aufgerissen, nach Atzung gierend. Hurtig griff ich mir noch meinen neuen Wanderstab und entfernte mich, verbarg mich hinter einem nahegelegenen Baum und nestelte die Kamera aus dem Etui, in der Hoffnung, ein paar spannende Bilder machen zu können. Der Altvogel kreiste, aufgeregte Zilptöne ausstoßend, über der Wiese, drehte einige Runden direkt über dem Nest und ließ sich dann dort ins Gras sinken. Um welche Art es sich handelte, konnte ich nicht sagen, aber ich fand ihn mit der hell-dunkel gebänderten Unterseite, dem perlgrau schimmernden Obergefieder und dem stechenden Blick aus der goldgelben Iris aufregend schön. Zehn, vielleicht fünfzehn Minuten beobachtete ich die Stelle, an der sich der Nistplatz befand, ohne dass sich dort etwas rührte, aber ich ahnte, dass ich selbst auch beobachtet wurde. Dann stieg der Vogel wieder auf, senkrecht und magisch und raketengleich, drehte in die Horizontale und verschwand wie ein Geschoß Richtung Waldrand, kehrte auf den Wogen des Windes gleitend zurück, stieg auf einer Bö spielerisch-elegant in die Höhe, um gleich darauf wieder in den Sinkflug zu gehen, glitt mit scheinbar entspannter fliegerischer Leichtigkeit dahin, ab und an nach unten spähend, ob dort Beute zu machen war, ließ sich vom Wind noch einmal fast genießerisch nach oben schrauben, um in einer plötzlichen Bewegung der Schwingen kehrtzumachen, auf ein Gebüsch zustürzend, so als hätte er Beute erspäht, und genau so war es: Vor dem Buschwerk im Gras stolzierte achtlos eine Elster, die keine Chance hatte, dem Tod aus der Luft zu entgehen. Vom ersten Moment erschreckten Flatterns, bis der blitzartig heranschießende Greif sie mit seinem Schnabel in ihrem Genick in die lockere Erde drückte, vergingen nur wenige Schrecksekunden. Mein Versteck verlassend, hastete ich in die Wiese hineingeduckt näher. Der Raubvogel saß auf seiner kreischenden Beute, die sich zunächst gar nicht rührte, jedoch dann hektisch mit den Flügeln zu zucken begann, dabei irgendwann einen heftigen Ruck vollführte, dass es ihr fast gelungen wäre, den Jäger abzuschütteln, dieser jedoch schnell mit ein paar Flügelbewegungen das Gleichgewicht wiedererlangte. Die Elster, in einem fort entsetzt schreiend, grub sich mit den Flügeln durch Erde und Gras vorwärts, als könne sie so dem Feind entgehen, während dieser mit unbeweglichem Blick wie gleichgültig umhersehend sich dabei mit seinen Flügeln auf dem Boden abstützte, um nicht zu fallen. Den Schnabel setzte er nicht mehr ein, dafür hatten seine Fänge das Gefieder der Elster perforiert, und er schien einfach warten zu wollen, bis alles Leben aus ihr geflossen war. Aber es floss langsam. Der schwarzweiße Vogel wehrte sich zwar nur noch schwach, aber er schrie nach wie vor mit allen ihm bleibenden Kräften, während der Greif weiterhin starräugig und mit Elsternflaum am Schnabel um sich spähte, sein Opfer augenscheinlich gar nicht beachtend, die Schwingen zur Stützung locker ausgebreitet, mit aller Zeit der Welt der letzten Bewegungen der Beute harrend. Der Anblick dieser Szene ging mir durch und durch, da ich dergleichen bislang weder mitangesehen noch mitangehört hatte, und im Gras knieend, die hochgewachsenen Halme vor mir mit den Händen teilend, verfolgte ich aufgewühlt und mit schauderndem Schreck das langsame Ermordetwerden der Elster, pendelte zwischen Entsetzen und schaudernder Faszination, einerseits mit dem Opfer fühlend und abgestoßen von der so alltäglichen Grausamkeit der Natur, andererseits aber doch unfähig, den begierig voyeuristischen Blick vom Nahen des Todes abzuwenden. Als ich glaubte, es wäre vorbei, begann die Elster wieder mit den Flügeln zu schlagen, und sie versuchte mit letztem Aufbäumen, den Krallen ihres Peinigers zu entrinnen. Der Jäger verlor die Geduld, stieg mit der Elster im sicheren Griff mühelos mehrmals vielleicht eineinhalb Meter ruckartig in die Höhe und ließ sich mit ihr zu Boden fallen. Als ich mich zwei, drei Schritte näher herangewagt hatte, konnte ich sehen, dass diese Aktion nicht auf sinnloser Wut, sondern auf kalter Kalkulation des Greifvogels beruhte: Er hatte beim Aufprall jedes Mal einen faustgroßen, scharfkantigen Stein im Gras anvisiert und so genau gezielt, dass der Kopf der Elster exakt dort aufschlug. Immer und immer wiederholte er diese Methode, riss die Elster mit sich in die Luft und ließ sie wie einen schlenkernden Knüppel auf dem Stein aufschlagen. Das Todesgeschrei der Gepeinigten wurde wimmernder und schwächer, irgendwann war es verstummt, jedoch stieg der Raubvogel wieder und wieder mit ihr auf und stieß wieder und wieder mit ihr zu Boden, bis er sich schließlich zufriedengab und von dem reglosen Körper abließ, der mit erstarrt abstehenden Beinen verendet liegenblieb, und er begann, die Federn zu rupfen, bis vor ihm nur noch ein flaumiger, blutiger Haufen lag und er dazu überging, mit kräftigen Schnabelbissen das Fleisch von den Knochen zu lösen. Noch eine Weile vermochte ich hinzusehen, hatte aber bald genug vom Finale des Schauspiels und schälte mich aus meinem Versteck, schlich in weitem Bogen um den Beuteplatz herum und ging weiter meines Weges Richtung Wald, ab und an noch kurz über die Schulter zurücksehend. In meiner Atemlosigkeit und Anspannung hatte ich es völlig versäumt, Bilder zu machen, der Touristenreflex, bei jedem vermeintlichen Motiv sofort loszuschießen, war ausgeblieben, aber ich war mir im gleichen Moment sicher, dass ich von dem, was ich gerade gesehen hatte, keine Fotos brauchte, denn die Bilder, die ich davon im Kopf mit mir trug, reichten mir völlig.

Das schattenhafte Dunkel des Waldes formte sich beim Näherkommen zu Umrissen mächtiger Tannen, dicht an dicht stehend wie ein abwehrbereites Riesenheer, welches mich unbehelligt und gnädig passieren ließ, und es tat sich eine ganz andere Welt vor mir auf als die windige und regnerische, von der ich hereinkam. Der Boden war trockener, am Wegesrand moosig, er schien zu federn unter meinen

Schritten. Durch einen Wolkenspalt drang schräg einfallendes Licht und zeichnete die Baumkronen in scharfen Konturen. Das Klopfen des Regens auf meine Kapuze versiegte nahezu, ich vernahm mein Atmen wieder, das durch das leichte Bergaufgehen über die Wiesen lauter und schneller geworden war. Um die Waldklänge noch besser hören zu können, schob ich die Kapuze in den Nacken. Durch die gedämpfte Stille drangen wohltönende Vogelstimmen, dazwischen immer wieder der kreischige Warnschrei eines unsichtbaren, aber unüberhörbaren Türstehers des Forstes, der den Waldbewohnern meine Ankunft entgegenkrächzte, sowie dann und wann aus der Distanz der weich hallende Flötenton eines einsamen Solisten, der sich irgendwo in den Wipfeln verstecken mochte. An der nächsten Wegkreuzung bog ich, Blick nach oben und im Kopf die Himmelsrichtung mitaddierend, links und damit hoffentlich nordwärts ab. Nur Minuten später wieder eine Kreuzung, der Wald lichtete sich, die Wege trafen im scharfen rechten Winkel aufeinander, in der Entfernung die nächste Kreuzung bereits sichtbar, und ich erkannte allmählich, dass ich mich mitnichten in einem von wildem Dickicht befallenen Urwald mit düster lauernden Bäumen und schaurigen Irrlichtern befand, sondern wahrscheinlich in einem erst im letzten Jahrhundert angelegten Wiederaufforstungsgebiet, welches auf den ersten Blick zwar naturhaft wirkte, in Wahrheit jedoch straff durchorganisiert war, der Baumwuchs auf rechtwinklig abgezirkelten Quadraten zwischen linealgeraden Wegen stattfindend, weder wild noch ungezähmt, eher ein Park, ein Zoo aus gleichmäßig gewachsenen Bäumen zum Bestaunen und Betrachten vom sicheren Weg aus, jede natürliche wäldlerische Unordnung durchbrochen von der Macht der geraden Linie: Das Schicksal allen Grüns in einem engen, geregelten, dichtbesiedelten Land.

An einem regenfreien Tag wäre ich vielleicht auch über Mittag weitergegangen und hätte mich simpel mit Keksen und Wasser aus dem Rucksack verpflegt, heute jedoch, unter diesen nassen Umständen, zog ich es vor, den Wald zu verlassen und im nächsten Ort nach einem Platz zum Trocknen und Aufwärmen zu suchen, an dem sich zudem ein warmes Mittagsmahl einnehmen ließ. Laut Karte musste ich an einer der Waldwegkreuzungen eine Abzweigung nach Nordosten nehmen, die geradewegs aus dem Forst hinaus in die nächste Ortschaft führen sollte, die über einen Gasthof verfügte. So endete meine Waldwanderung etwas schneller, als ich gedacht hatte, und ich näherte mich dem Dorf, welches sich wieder, wie die meisten kleineren Orte hierzulande, durch den aufragenden Kirchturm leicht aus der Ferne ausmachen ließ, verlief mich dann in den drei Straßen, die es dort gab, fand letztendlich aber doch noch das sich im Hinterhof eines Wohnhauses versteckende Gasthaus, nahm ein reichliches Mittagessen zu mir, und erlebte danach jenen Moment der Schwere, der mich oft um diese Tageszeit überfiel, kam nicht dagegen an und nickte am Tisch ein, nur zehn Minuten lang, welche aber ausreichten, um mich wieder erholt zu fühlen. Es ging weiter. Der Regen war nicht sehr stark, aber immer noch nass, so dass mir keine andere Wahl blieb, als das Cape wieder überzuwerfen. Während des Wartens aufs Essen drin im Gasthof hatte ich zum wiederholten Mal die Karte inspiziert und musste meiner Kalkulation nach erwartungsgemäß gegen fünf oder sechs Uhr den nächsten größeren Ort zur Übernachtung erreichen. Im Freien zu schlafen schien mir keine Alternative, eine trockene Bleibe mit vier Wänden war mir heute lieber, wobei eine simple Kammer in einem gastfreundlichen Bauernhof dem missliebigen, faden Bett einer Touristenabsteige vorzuziehen war. Bevor sich mein schlechtes Gewissen wieder meldete, holte ich mir die Erinnerungen an die bislang draußen verbrachten Nächte zurück: Einmal im prasselnden Regen unter dem Vordach einer leider abgeschlossenen, halbzerfallenen Scheune am Rande eines jungen Maisfelds, ein andermal an der Grundstücksgrenze zu einem Campingplatz – das Übernachten auf dem Platz hätte unverschämt viel Geld gekostet –, wo ich prompt anderntags von einer humorlosen Aufsichtsperson darauf aufmerksam gemacht wurde, dass ich entweder kostenpflichtig auf dem Platz zu nächtigen oder mich zu entfernen habe. Zwei-, dreimal hatte ich mein Lager in unmittelbarer Forstnähe aufgeschlagen, untermalt mit all den Klängen, die der Wald nachts produziert, angefangen bei raschelndem Gehölz und knacksendem Geäst, über die Scharrgeräusche tafelnden Schwarzwildes und dem Unterholzknistern vorbeistreunender Füchse und Marder, bis hin zu den nervenaufreibenden Urschreien unsichtbarer Rätselkreaturen. So gesehen, musste ich mir eigentlich keine Vorwürfe machen, wenn ich aufgrund der Witterung wieder einmal einen trockenen Unterstand bevorzugte. Zunächst hatte ich noch eine unangenehme halbe Stunde am Rande einer durch eine Senke führenden Landstraße vor mir, deren hohe und auch sehr steile Böschung auf beiden Seiten durch den Regen schlammig und unpassierbar geworden war, so dass ich mich gezwungen sah, auf dem Asphalt zu trotten und jedem sich nähernden Fahrzeug auszuweichen. Viel Verkehr herrschte zwar nicht, aber dennoch waren mir der

Motorenlärm, die mich blendenden Scheinwerfer und das aufspritzende Wasser höchst unwillkommener Stress, und ich war froh, als sich endlich eine Stelle fand, wo die Böschung abflachte, der Untergrund etwas härter und passierbarer wurde, und ich mich mit einem Sprung hinauf und hinüber, gesichert und gestützt durch meinen Wanderstab, über eine kurzgeschorene Wiese zurück in die relative Natur absetzen konnte. Der Regen ließ nicht nach, es blieb trüb und lichtlos, und das zu durchschreitende Gebiet gab sich als monotones Arrangement aus ewig sich wiederholenden Land-wirtschaftsvierecken. Im Wissen, dass ich auch morgen noch einen Tag mit unverändertem Wetter vor mir haben würde, fand ich etwas später als berechnet einen Gasthof an der Einfallstraße des von mir angesteuerten Ortes, wo ich von der Inhaberin nach dem Abendessen eine Schlafkammer zugewiesen bekam. Das Regencape hängte ich zum Trocknen über den Stuhl, stellte die Schuhe auf etwas Zeitungspapier, setzte mich an den kleinen Tisch in der Ecke, knipste die Wandlampe an und notierte meine Reiseeindrücke vom Tag. Danach blieb mir nicht viel mehr zu tun, als auf dem Bett liegend ein paar Seiten Gadamer zu lesen. Vor dem Einschlafen taumelten durch meinen Kopf Vergleiche meiner jetzigen Situation mit dem gewohnten Leben zuhause: Das Ungebundensein, das Freiheitsgefühl, der endlos aufgespannte Himmel, die Landschaften in all ihrer Schönheit, Luft, Licht – und daheim das bequeme Bett, die Stereoanlage, die Tasse Tee zu jeder Tageszeit, die Behaglichkeit des stillen Arbeitens am Schreibtisch mit dem Blick zum Fenster hinaus durch die Kastanienzweige, auf deren Blättern die Mittagssonne schlief. Insbesondere letzteres vermisste ich – nicht die Sonne in den Kastanien, sondern die Arbeitsroutine, das Fließenlassen der Gedanken und das Umsetzen derselben in Hackgeräusche auf der Schreibmaschine. Aber es gab keinen Grund, sich zu beklagen, schließlich hatte ich selbst entschieden, die Reise auf mich zu nehmen, und keinen einzelnen Moment davon – außer vielleicht jene auf verlärmten Landstraßen – wollte ich missen. Vor dem Hinübersinken in den Schlaf kam ich zu der salomonischen Einschätzung, dass es nicht sinnvoll sei, die Verhältnisse gegeneinander auszuspielen, sondern dass beide Situationen, mein normales Leben sowie der Interimszustand als Wanderer, gute Seiten hatten.

Frühmorgens schon wachte ich auf und fand nicht mehr in den Schlaf zurück, im Kopf geträumten Unsinn, dessen Bilder in den Sekunden des Erwachens unhaltbar zerstäubten und sich nicht mehr rekonstruieren ließen. Allgemein war mir etwas seltsam, und ein leichter Kopfschmerz, den ich schon am Vorabend mit einer aus meiner schmalen Reiseapotheke hervorgeholten Tablette zu bekämpfen gesucht hatte, ärgerte mich. Als ich, mich wieder besser fühlend, den Gasthof verließ – nicht ohne die leutseligen Fremdenverkehrshinweise der Inhaberin, ich solle mir auf keinen Fall die örtliche Stiftskirche mit dem berühmten Altar irgendeines alten Meisters nebst der dortigen romanischen Kreuzgänge entgehen lassen, was mir völlig fernlag, weil ich für das Blendwerk ausufernder Kirchenprunkereien nichts übrighabe –, beschloss ich entgegen meiner Gewohnheit, mich nicht über Felder und Äcker vom Ort zu entfernen, sondern wollte mittendurch, um im nächstgelegenen Supermarkt etwas Proviant aufzunehmen. Wie üblich hatte ich einen Ast, den ich Wanderstab nannte, bei mir, was mir wieder einmal scheue

Seitenblicke braver Bürger eintrug. Der Wanderer in unserer Zeit: ein Unikum, ein Anachronismus. Dicke schwarzblaue Wolkenknollen hingen tief und drohend, es regnete jedoch noch nicht, so hatte ich das Cape im Rucksack gelassen und mich mit Jacke und Kopfbedeckung gewappnet. Vom Ort selbst hatte ich gestern nicht mehr viel gesehen, er erschien mir auf den ersten Blick wie einer der vielen anderen, an denen ich in den letzten Tagen vorbeigelaufen war, und die sich alle auf ihre Art glichen: Eine Hundertschaft Häuser an eine Landstraße gepresst, gesichtslos, unbunt, von zu breiten Teerpisten, zu schmalen Bürgersteigen und in Altstadtfassaden hineingefrästen Allerweltsgeschäften dominiert. Aber es gab letztlich doch mehr und Besseres zu sehen. Zunächst fand ich mich noch auf einem wohl sonst sandigen, jetzt matschig-schlammigen Weg, welcher parallel an den runzeligen Quadern von Resten einer Stadtmauer entlangführte, in deren Nischen schüchterne Gräser sprossen. Irgendwann tat sich ein altes Stadttor auf, über mir ein trutziger, spitzbehaubter Turm samt Uhr, Zeiger und Ziffern schwach gelb-metallen blinkend; nach dem Tor wiederum öffnete sich eine kopfsteingepflasterte Straße, dort links und rechts in süßlicher Anmutung geranienbetopfte Fachwerkfassaden mit pastellfarbenen Giebeln und kunstgeschmiedeten Zunft- und Wirtshausschildern, und erst nach Abschluss meiner Reise wurde ich darauf hingewiesen, dass ich hier, ohne es zu ahnen, eins der beliebtesten Postkartenmotive der Region passiert hatte. Eigentlich hätte ich geradeaus durch den Ort gehen müssen, um nicht von der geplanten Richtung abzuweichen, jedoch lockte mich eine Seitenstraße, die sich mit starkem Linksknick, eng und steil abfallend, durch ein weiteres betürmtes Tor zwängte. Es galt aufzupassen, da die Pflastersteine vom nächtlichen Regen noch schmierig und glitschig waren, und einen sicheren Gehsteig gab es nicht. Rechts vor dem Tor, im Schatten des Turms, befand sich ein Laden, in dem ich den benötigten Proviant erstand. Als ich danach das Tor durchschritt, zischte ein Schatten mit eisweißer Unterseite dicht über meinen Kopf hinweg: Eine Elster flatterte hinaus in die schmale Gasse, die sich hinter dem Torbogen auftat, und wo sich eine Zeile windschiefer alter Häuschen krumm und verschüchtert aneinander kauerte. Diese eigentümliche Szenerie sagte mir in ihrer rauhen Romantik viel eher zu als die zuckrige Makellosigkeit der farbenfrohen Fassaden oben auf der Hauptstraße, und ich nestelte die Kamera aus dem Etui, knipste mal stehend, mal kniend, mal halb liegend, erneut von Passanten argwöhnisch aus den Augenwinkeln beobachtet. Danach fragte ich jemanden, wohin ich käme, wenn ich hier weiterginge, und bekam zur Antwort, dies sei der Weg zum Schloss. Schloss? Was für ein Schloss? Auf der Karte hatte ich keine derartige Sehenswürdigkeit vermerkt gesehen. In knapp eineinhalb Stunden Fußmarsch sei es zu erreichen, hieß es, Besichtigungen seien möglich, hieß es weiter, ich solle einfach dem Weg folgen, es wäre nicht zu verfehlen, genau, genau, einfach dem Weg folgen. Nach kurzer Überlegung, auch wenn ich damit meinen eigenen Plan durchkreuzte und eigentlich nicht auf Besichtigungstour unterwegs war, beschloss ich, ausnahmsweise spontan und offen für kleine Abwechslungen und Umwege zu sein. Über die Gasse gelangte ich aus dem Ort hinaus und schließlich auf einen zu beiden Seiten dicht von allerlei Gebüsch und Gebäum bewucherten Hohlweg, der schmale, unbefestigte Pfad dazwischen gerade nur noch so breit, dass zwei Menschen aneinander vorbeigehen konnten, und ich fragte mich, ob wohl viele Touristen die Anreise zum Schloss auf diesem Weg hinter sich brächten, vermutete aber gleichzeitig, dass man wohl auch bequem per Auto auf der Ortsumfahrung, die ich von der Karte kannte, ans Ziel kommen müsse. Zu früheren Zeiten, so malte ich es mir in meiner sofort bunt losblühenden Fantasie aus, musste auf diesem Pfad reger Verkehr zwischen dem Ort und dem Schloss geherrscht haben, bestehend aus allerlei fahrendem Volk und Kolonnen von Bauern und Marktfrauen, allesamt zu Fuß, zu Pferd oder mit schweren Fuhrwerken im Lauf der Jahrhunderte den Weg in sein jetzt hinabgesunkenes Dasein hineinzementierend. Dankbar war ich, dass der Regen sich nach wie vor zurückhielt und nur vereinzelte lustlose Nieselschauer niedergingen, denn Vorwärtskommen war nur mit unablässiger Konzentration möglich, die Wanderschuhe sanken bei jedem Schritt ein, und dann und wann taten sich tückisch tiefe Pfützen auf, denen ich mich an der Böschung entlanghangelnd auswich. Es ging nie strikt geradeaus, der Weg schlang und wand sich in engen Biegungen und Kurven, so dass ich nie bis zu einem etwaigen Ende sehen konnte. Der Himmel blieb versteckt hinter schweren Wolken, nur einmal klaffte eine Lücke im Grau über mir, bleiche Lichtfinger tasteten schräg durchs Blätterdach, und dort, wo sie einen Ast berührten, löste sich ein Schatten auf blauschwarz schillernden Schwingen: Wieder war es eine Elster, die, bevor ich die Kamera ans Auge reißen konnte, längst mit dem Dunkel des gegenüberliegenden Gebüschs verschmolzen war. Nicht, dass eine Elster ein irgendwie außergewöhnliches Motiv gewesen wäre, aber der Städterreflex, in jedem freilebenden Tier eine kleine Sensation zu wittern, war schwer zu unterdrücken, und deswegen hielt ich die Kamera auch weiterhin schussbereit vor der Brust. Der Weg wurde schließlich zusehends breiter, die Böschung zu beiden Seiten niedriger, der Baumbewuchs spärlicher, und bald stand ich wieder in offener Landschaft, die hier scheinbar nichts Spektakuläres bot und sich wie die vielen anderen Landstriche gab, die ich bislang gesehen hatte: Ausläufer flachen Landes, in einiger Entfernung eine Straße mit sich bunt vorbeifädelnden Autos, hinter einem Waldstück ein Kirchturm und ein paar Häuser. Beherrschend jedoch war eine schwarzbetannte Anhöhe, keineswegs sehr hoch und auch in der Breite von geringen Ausmaßen, aber dort, kunstvoll in das finstere Nadelgehölz hinein- und auf ein Plateau hinaufkomponiert, strahlte goldockern das genannte Schloss ins Land hinein. Erwartet hatte ich, wenn überhaupt irgendetwas, eine schon vom Verfall angebissene Raubrittertrutzburg oder bestenfalls ein barockiges Jagdschlößlein, aber was ich erblickte, übertraf meine Ahnungen doch um einiges. Zur Überhöhung des Augenblicks tat sich auch noch eine Himmelslücke auf, die Sonne schnitt in filmreifer Überwirklichkeit mit blitzender Klinge durch das Wolkentintenblau, und ich stand einige Augenblicke durchaus beeindruckt von Eleganz und Imposanz all der Mauern und Türme, griff zur Kamera und suchte Moment und Atmosphäre im Bild festzuhalten.

Der Weg vor mir ging bald in Asphalt über, so dass schnelleres und sicheres Gehen möglich wurde. Um den knurrenden Magen zu besänftigen, fischte ich ein paar Kekse aus dem Gepäck und trank einen Schluck Wasser, versuchte mich dann in der Himmelsrichtung zu orientieren, um auf dem richtigen Weg – dem nach Norden – diese Gegend nach dem Schlossbesuch wieder verlassen zu können, jedoch waren nach der kurzen Aufheiterung von gerade eben Sonne und Himmel gleichmäßig verschwunden und hatten wieder der düsteren Wolkenwatte platzgemacht, die keine Kalkulation zuließ. Alsbald erreichte ich die sich die Anhöhe hinaufwindende Zufahrtsstraße, es wurde dunstiger und kühler, wie ich den schwarzen nassfunkelnden Asphalt berganstieg, und die Tannen zu beiden Seiten der Straße standen still und finster. Der Aufstieg zog sich weit länger hin als berechnet, ich hatte mich vorhin aus der Distanz doch gehörig in den Ausmaßen der Anhöhe und der vor mir liegenden Wegstrecke verschätzt, und als ich schließlich oben war und das Schloss vor mir in seiner ganzen Pracht aufragte, hielt ich erst einmal inne – nicht, weil mir nach einer Pause war, sondern weil ich gar nicht glauben konnte, welcher Anblick sich mir bot. Auf dem weitläufigen Vorplatz parkte eine Flotte internationaler Reisebusse, dazwischen wurlte eine vielköpfige Touristenmasse, Fremdenführer hielten einzelne Gruppen mit gerufenen Kommandos zusammen, und ehe ich mich fertiggewundert hatte, wurde ich mit der nächsten Gruppe asiatischer Touristen mitgerissen und in den Innenhof des Schlosses hineingesogen. Dort herrschte arge Platznot: Vor dem Haupteingang hatten sich in langen Reihen Wartende versammelt, die der nächsten Führung harrten, wieder hauptsächlich Asiaten – wasserdicht verpackt und mit unablässig klickenden Kameras –, denen die Wartetortur im mittlerweile wieder einsetzenden Regen überhaupt nichts auszumachen schien. Meine Hoffnung und Absicht, ungestört eine intime Besichtigungstour unternehmen zu können, zerstob. Es gelang mir zunächst kaum, mich von der Touristeneinheit, die mich mitgezogen hatte, zu lösen. Wie eine Flipperkugel wurde ich hin- und hergestoßen, schaffte es irgendwann, mich freizukämpfen und schlug mich in die hinterste Ecke des Innenhofes zu einer Sitzbank durch, auf der ich zunächst den Rucksack und dann mich selbst fallenließ. Atemlos stierte ich auf das Gedränge und Geschiebe vor meiner Nase, auf flatternde Regenmäntel, trabende Beine, verkeilte Schirme. Nach Erholung suchend, richtete ich den Blick zum Himmel, der in seinem allumfassenden Grau höhnisch auf mich herabsah und mein Gesicht mit spöttelnden Regentropfen sprenkelte, von denen jeder einzelne zu sagen schien: Das hast du nun davon, Tölpel, dich abseits des Weges von Touristenfallen anlocken zu lassen. Viel Zeit hatte ich verloren, und Gadamer war ich, trotz der zurückgelegten Wegstrecke, keinen Schritt nähergekommen. Das würde mir nicht noch einmal passieren, schwor ich mir und beschloss, spontane Entscheidungen wie diese künftig zu vermeiden, um den Erfolg meiner Reise nicht zu gefährden. Mein Blick schweifte ab vom Himmel, zunächst hinweg über die regenbejackten Menschenmengen mit ihren gewitternden Blitzlichtern, dann über die Konturen des Schlosses, seine Türme, Giebel und Spitzbogenfenster, hinauf zu den im Wind bunt knatternden Fahnen auf dem Dach, bis ich fand, wenn ich schon mal hier war, warum sollte ich nicht auch die Kamera anwerfen und in das Klickkonzert einstimmen, schälte also die Kamera aus dem Etui – blieb jedoch sitzen, um meinen kostbaren Bankplatz nicht an die Konkurrenz zu verlieren –, knipste über Köpfe und Schirme hinweg, zunächst wahllos und zufällig, tastete teleobjektivjustierend die Schlossmauern ab, Nischen, Eckfenster, immer höher, einen Turm hinauf, dann einen anderen, den hohen, dicken Hauptturm – und dort oben hinter den Zinnen, am höchsten Punkt des Schlosses, dort stand jemand. Zuerst setzte ich die Kamera noch einmal ab, überrascht wie ich war, und blickte ohne die künstliche Verlängerung des Auges nach oben, als würde ich so besser sehen, sah aber nichts, blickte wieder durch den Sucher. Offensichtlich war es eine Asiatin, die dort in Böen und Regenschauern, ohne Schutz und Schirm, an der Brüstung stand und übers Land blickte, reglos wie eine Statue, der Wind in ihren Haarsträhnen spielend. Sekundenlang verharrte mein verlängerter Blick auf ihr, dann benetzten Regentropfen das Objektiv und den Sucher, ich setzte die Kamera wieder ab und putzte vorsichtig mangels hochwertigerer Materialien mit dem Hemdsärmel, sah dabei gedankenleer noch einmal nach oben und hatte unmittelbar, mit zusammengekniffenen Augen, den Eindruck, dass die Asiatin, immer noch starr und dem Wind trotzend, jetzt direkt heruntersah, und zwar keinesfalls wahllos oder ins Leere blickend, sondern mich fixierend. Stutzend hielt ich beim Kameraputzen einen Moment inne, hob die Kamera dann wieder langsam und unauffällig in die Höhe, um mir Gewissheit zu verschaffen, doch mein fotografisch erweiterter Blick irrte motivlos an Zinnen und Mauersteinen entlang, die Frau war weg und kam nicht wieder. Es ließ mich doch vermuten, dass eine korrekte deutsche Aufsichtsperson das versprengte Schäfchen eingefangen und zur Touristenherde zurückgebracht hatte. Nochmals blinzelte ich durch den Sucher, aber sie blieb verschwunden. Regentropfen plopperten auf die Optik. Nicht weiter darüber sinnierend, klappte ich das Etui zu, angelte ein paar Kekse und die Wasserflasche aus dem Rucksack. Als Mittagessen würde mir das nicht reichen, überlegte ich, überdies missfiel mir dieser unruhige Platz aufs Höchste, so fasste ich einen Plan: Weg von hier, runter ins Dorf, ab in die nächste Pizzeria. Schnell hatte ich mein Zeug zusammengerafft, boxte mich durch die pauschaltouristische Menschenmenge Richtung Ausgang, schlüpfte durchs Tor und eilte laufschritts die Zufahrtsstraße hinunter, Menschen, Mauern und falsche Träume hinter mir lassend.

*

Später zog es mich auf meinem Weg nordwärts zurück in den Wald, jenen Tannenwald, den ich gestern schon durchquert hatte, jenen Zoo aus Bäumen, der mich zuerst so begeistert und dann etwas enttäuscht hatte, von dem ich jedoch fand, dass er es wert war, ihm wegen seiner von Stimmen beherrschten Stille, dem lockenden Licht seines Dunkels und der heimeligen Unheimlichkeit seiner organisierten Unberührtheit eine zweite Chance zu geben. Allerdings war an der Stelle, wo ich ihn diesmal betrat, noch weniger von all dem zu spüren, denn der Weg, der mich hineinführte, war breit wie eine Landstraße und gerade wie eine Autobahn, er teilte das Bäumeheer bis zum Horizont in ein sich wie feindselig gegenüberstehendes Links und Rechts. Forstfahrzeuge hatten tiefe Furchen hinterlassen, und in regelmäßigen Abständen ruhten am Wegesrand geschlagene Stämme in mächtigen Stapeln. Die Wanderkarte empfahl die nächste Abzweigung schräg rechts, um auf Kurs Nord zu bleiben, so zweigte ich ab. Die Atmosphäre änderte sich von einem Moment auf den anderen, dichteres Dickicht und dunkleres Grün nahmen mich auf, der Weg war kaum mehr als ein ausgetretener Pfad, die Bäume standen hier eng zusammen, Unterholz wucherte üppig. Dass man auch als moderner Stadtmensch noch nicht völlig seiner Instinkte enthoben ist, zeigte sich durch ein verstärktes Vorsichtsgefühl – ich ertappte mich dabei, wie ich vermeintliche Schemen fixierte, kleinste Bewegungen registrierte, mich sogar von Zeit zu Zeit mit einem merkwürdigen Gefühl im Nacken umdrehte. Tiere zeigten sich keine, ich wusste aber, dass diese, so es sie hier gab, meine Ankunft längst bemerkt und sich zurückgezogen hatten, und ich malte mir aus, dass mich im Unterholz Schlangen züngelnd witterten, von Baumwipfeln herunter verächtliche Eulenaugen taxierten, und Iltisse auf ihrem Weg zum Hasenstall des nächstgelegenen Bauern innehielten, um diesem bizarren und lärmig daherpolternden Zweibeiner eine Weile fassungslos hinterherzuschauen. Mir fielen schreibende Kollegen ein, die sich auch als große Waldspaziergänger hervorgetan hatten, Hermann Walser zum Beispiel, der angeblich richtige Ausdauermärsche auf sich genommen hatte und von seinem letzten Gang in die Natur nicht mehr zurückkehrte, oder der tragische Richard Hartmann, ebenfalls ein großer Freund des Waldes, der sich jedoch irgendwann in einem Wald aus tausend Ichs verlief, und, wenn man so will, ebenso nicht mehr zurückkehrte. Und tatsächlich gab es auch hier und heute noch andere Zeitgenossen, die es schätzten, sich der Erhabenheit eines Forstes hinzugeben, denn als ich mich auf die nächste Kreuzung zubewegte, der Weg wieder breiter und der Wald lichter wurde, gewahrte ich in einiger Entfernung eine Person mir entgegenkommend, und fast überkam mich ein eifersüchtelndes Gefühl: Jemand in meinem Wald? Seit ich vor ein-, eineinhalb Stunden den letzten Ort, Äcker querend, Richtung Wald verlassen hatte, war mir niemand mehr begegnet, und ich fand es zunächst fast befremdlich, denn was machte jemand, wenn er nicht ich war, am hellichten und noch dazu an einem so regnerischen Tag auf einem Seitenpfad in einem abgelegenen Waldstück inmitten eines dünnbesiedelten Landstrichs einer kargen Tiefebene? Den sich bewegenden Punkt fixierend konnte ich zunächst nicht erkennen, ob ich Mann oder Frau, jung oder alt vor mir hatte, aber beim allmählichen Aufeinanderzustapfen kamen langsam Umriss und Farbe in den Menschen: Es war ein Wanderer, ein Wanderer so wie ich, mit Wanderstab, Wanderschuhen, Rucksack, regendichter Kleidung, selbst sein Haar flatterte in derselben Farbe wie meins. Er bewegte sich auf der gleichen Wegseite wie ich, trug den Stab zudem links, so dass nicht mehr nur die geregelte Szenerie mit ihren geordneten Bäumen und gleichmäßigen Wegquadraten symmetrisch und synchronisiert schien, sondern auch mein Gegenüber und ich, wie wir eingeklinkt im Gleichschritt aufeinander zuhielten, mit einheitlicher Distanz zur Kreuzung, ich dorthin, wo er herkam, er nach dort, wo ich schon gewesen war. Schließlich war es an der Zeit, eine Kollision zu vermeiden, und auch hier blieben wir in Übereinstimmung, hatten die gleiche Idee zur gleichen Zeit, schwenkten zur Wegesmitte, steuerten für eine Sekunde erneut einem Zusammenstoß entgegen, koordinierten uns telepathisch und strebten nach verschiedenen Richtungen auseinander, passierten endlich, nickten uns kurz zu, drehten uns nochmal um, machten noch eine grüßende Handbewegung, blieben ansonsten stumm und setzen, mit dem eigentümlichen Gefühl, durch einen Spiegel gegangen zu sein, unsere Wege fort.

IV

Geplant war, am nächsten Ort länger zu verweilen als gewohnt, dies eher der Notwendigkeit als der Freiwilligkeit geschuldet, war es doch wieder an der Zeit, Wäsche zu waschen, die Schuhe von der Erde zu säubern, auf und in der sie sich den ganzen Tag bewegten, zusätzlich auch mir selbst nach Tagen des Wanderns im Regen Erholung mit etwas Komfort zu gönnen und mit einem Dach über und einem Kissen unter dem Kopf wieder Vorfreude aufs Weiterwandern aufzubauen. Bald kam ich durch eine kleine Stadt, fand dort eine passable Pension und bezog ein Zimmer. Mein vor der Reise sorgsam bemessener und abgewogener Zeitplan sah zwar, wie eingangs erwähnt, durchaus einen relativ genauen zeitlichen Endpunkt vor, letztlich kam es aber, zog man die ganze zu überbrückende Wegstrecke und die dafür benötigte Zeitspanne in Betracht, auf ein paar Tage hin oder her nicht an, und es gab prinzipiell keine Veranlassung, sich wegen eines zweitägigen Aufenthaltes Vorwürfe zu machen. Zuhause harrte niemand meiner Ankunft, an meinem Ziel leider auch nicht. Allerdings muss auch gesagt werden, dass ich mich nicht zuletzt aus finanziellen Beweggründen keineswegs in der Lage sah, das ganze Jahr hindurch spazieren zu gehen. Zwar würde mich das Geld für meine letzte Arbeit sorglos über den Sommer bringen, danach jedoch würde es Zeit, etwas Neues – und Erfolgreiches – fertigzustellen.

Die Frau des Professors hatte es schon erwähnt, es ging die Legende, dass Gadamer sich in seinem Haus am Ortsrand mit Stacheldraht eingeigelt hätte, und damit nicht genug. Er pflege im Dorf kaum Kontakte, hieß es, meide jeglichen sozialen

Umgang, man sähe ihn weder beim Einkaufen noch in der einzigen Schenke am Ort, unterstützt bei all diesen Nichtaktivitäten von seiner Frau, welche Besucher fernhalte, seine Korrespondenz führe und ihn darüber hinaus vom Rest der Welt abschotte in dem Maß, wie er es für richtig hielt. Vor der Reise hatte ich einen amateurhaften Dokumentarfilm von zwei Gadamer-Möchtegern-Adepten gesehen, die versucht hatten, zu ihm vorzudringen und gescheitert waren. Die beiden hatten einen ganzen Tag lang mit ihrer Super-8-Kamera Gadamers Grundstück belagert – von der Straße aus, denn das mannshohe Gartentor und undurchdringliche Hecken hatte den Zutritt unmöglich gemacht –, in der vergeblichen Hoffnung, Gott Gadamer persönlich möge herabsteigen oder sich zumindest hinter einem wackelnden Vorhang zeigen. Alles, was sie letztendlich vorweisen konnten, waren körnige Bilder vom hinter bedrohlich dunklen Tannen verborgenen Eigenheim des Schreibers (Stacheldraht war keiner zu sehen). Trotzig hatte man anschließend noch Gadamers Geburtsort am anderen Ende der Republik besucht, nicht wissend, dass das Haus, in dem er zur Welt gekommen war, längst in Grund und Boden planiert und einem Supermarktparkplatz zum Opfer gefallen war, und dass die Gemeinde ihrem großen Sohn bislang keine Denkmäler gesetzt hatte, was nicht nur daran liegen mochte, dass jener noch am Leben war. "Den mögen wir hier nicht", hatte eine ältere Dame, gefragt nach ihrer Meinung zu Gadamer, den Amateurfilmern im Vorbeigehen ins Mikrofon gebellt, und damit sprach sie wahrscheinlich für einen Gutteil der Einwohnerschaft. Gadamer hatte nach rebellischer Kindheit seine Heimatstadt früh verlassen, hatte diese seither immer wieder in seinen Romanen nur oberflächlich verklausuliert zur Bühne gemacht und deren unliebsame Einwohner – prügelnde Lehrer, einfältige Amtspersonen, glitschige Geldvermehrer, scheinheilige Kirchenvertreter und die ganze Masse der von diesen selbsternannten Eliten beherrschten geistig unbeweglicher Kleinbürger – als billige Chargen unter Pseudonymen besetzt, und sah sich seither laufend philisterlicher Gehässigkeit und neidmotivierten Anfeindungen ausgesetzt, was ihn nie gebremst, sondern im Gegenteil amüsiert und angestachelt hatte.

Der Film hatte mir immerhin eine Vorstellung davon gegeben, wie der Zielort aussah, mit dem von Gadamer selbst gezeichneten Haus, diesem klarlinierten, von blassgrauen Fichtenbrettern verschalten Bau auf dem von den schon erwähnten Tannen abgezirkelten Grundstück. Dahinter – die Straße endete dort – bis zur nächsten großen Stadt nur noch Dutzende Kilometer kargen Horizontes – freier, unverbauter Ausblick, der, wie ich es mir vorstellte, die Gedanken des Meisters beim Schreiben am Wandern und seinen Verstand ewig synthesierend und korrelierend hielt, seine scharfe Grüblerfurche die Stirn immer tiefer spaltend in einem Gesicht, das noch nie gelächelt zu haben schien (die Literaturkritik thematisierte auch dies gern, nämlich Gadamers menschliche Eigenschaften, oder was sie dafür hielt oder ahnte oder sich dachte oder zusammenaddierte: Seine vorgebliche charakterliche Struppigkeit und Unnahbarkeit samt seiner ja so skurrilen Einsiedlereleberei und muffigen Verschlossenheit. Zu gern verirrte man sich dabei ins Boulevardische, trivialisierte, verlachte ihn oder griff ihn an, so dass sich auch hier wieder und wieder die ernsthafte Frage nach dem Sinn von Literaturkritik stellt, warum Schreibende öffentliche Personen sein müssen, und weshalb man nicht nur ihre Arbeit, sondern die Person gleich noch mitseziert – und darüber hinaus und am allerwichtigsten, warum Leser auf Kritiker hören, statt Bücher zu lesen). Und habe ich oben gerade das Wort Meister benutzt? Verpasst hatten ihm dieses zweifelhafte Etikett eilfertige Verehrer zumeist studentischer Herkunft; mir jedoch schmeckte der religiöse Ruch bedingungsloser Unterwürfigkeit darunter gar nicht. Es sind Objektivität und Distanz, die den ehrlichen Anhänger auszeichnen, nicht schwärmerisches Aposteltum und blinde Gefolgschaft.

So sinnend, saß ich abends in einer Gaststube, nur wenige Gehminuten von meiner Unterkunft entfernt, sichtete meine Notizen – mit gehörigen Schwierigkeiten, mein eigenes Gekritzel zu entziffern; das Schreiben mit Stift war mir schon längst buchstäblich abhandengekommen, ich arbeite daheim ausschließlich mit der Maschine –, als ich unfreiwillig Zeuge einer Unterhaltung zwischen dem Wirt hinter der Theke und einem Gast wurde. Es ging darum, dass vor einigen Wochen von Studenten ein leerstehendes Haus am Ort besetzt worden war und diese Aktion durch das morgige Anrücken einer Hundertschaft Polizei beendet werden sollte. Das betreffende Haus befand sich offenbar nur ein paar Straßenzüge weiter, und der Wirt sprach davon, dass es möglicherweise 'hoch hergehen' und 'ganz schön krachen' könnte, dass er sich aber auch erhöhten Geschäftsgang versprach, da aus anderen Orten hungrige und durstige Solidaritätskommandos aus der Hausbesetzerszene sowie Presseleute erwartet wurden. In mir reifte der spontane Entschluss, dem Geschehen als neutraler Beobachter beizuwohnen, und so begab ich mich am nächsten

Morgen mit umgehängter Kamera in Richtung des besagten Hauses.

Tatsächlich hatte ich keinen weiten Weg, um auf das erste Trüppchen Demonstranten zu treffen. Man hatte sich Palästinensertücher um den Hals geknotet, trug Batikhemden und Sandalen, reckte Transparente in die Luft, auf denen der aktuelle Protest formuliert war. So marschierte ich einfach mit, hielt mich, um nicht direkt für einen von ihnen gehalten zu werden, am Rand, und es ging durch von mehr oder weniger misstrauisch dreinblickenden Passanten gesäumte Straßen. Eigentlich hatte ich erwartet, dass herzhaft skandiert oder wenigstens ein Protestlied angestimmt würde, aber man war völlig stumm unterwegs. Schnell war der Zielort erreicht, ein baufälliges Bürgerhaus, an dessen Fassade vom Dachfirst hinunter bis fast auf den Gehsteig ein Transparent baumelte, auf dem ähnliche Sprüche prangten wie auf denen der Neuankömmlinge. Einige Dutzend Protestler hatten sich dort schon versammelt, und auch aus den Fenstern des Hauses selbst sowie der umliegenden Häuser reckten sich zahlreiche Köpfe. Die Stimmung schien überhaupt nicht gereizt oder aggressiv, eher aufgelockert und heiter, no street fighting. Die Demonstranten, mit denen ich gekommen war, legten die Transparente erstmal beiseite, man hockte sich zu den Kollegen auf den Gehsteig, begrüßte sich, plauderte und rauchte, und ein paar von ihnen verzogen sich in ein gegenüberliegendes Lokal, um ein zweites Frühstück in flüssiger Form zu sich zu nehmen. Irgendeiner holte dann doch noch die Gitarre raus, stimmte und zupfte ein bisschen herum, und intonierte seinen Protest zur Melodie eines amerikanischen Folksongs der letzten Dekade. Weiter passierte zunächst nichts, und auch das vom Wirt am Vortag vermutete und erhoffte Presseaufgebot konnte ich nicht ausmachen. Eine Weile stand ich nur da, die Kamera um den Hals, abwartend und beobachtend, fragte schließlich einen der Beteiligten, der vom Erdgeschoß des besetzten Hauses aus dem Fenster sah, was denn zu erwarten sei. Er meinte, dass die Polizei gegen neun Uhr – es war gerade halb neun – erwartet würde, und dass man auf keinen Fall gewillt sei, klein beizugeben. Das Haus stünde seit längerem leer, es herrsche Wohnungsknappheit, und die Studenten hätten Probleme, im Umkreis Wohnraum zu finden, während sich die Stadt darum nicht kümmere, sondern sich an spekulativen Immobiliengeschäften bereichere und dem Kapital in die Hand spiele; so oder so ähnlich drückte er sich aus. Kaum hatte er geendet, als jemand "Sie kommen!" rief, und die Demonstranten draußen und die Hausbesetzer drinnen mit erstaunlicher Geschwindigkeit zur Disziplin zurückfanden. Die Fenster des Hauses wurden eilig und laut scheppernd geschlossen, ebenso hörte ich von innen einen Schlüssel – wo sie den wohl herhatten? – im Haustürschloss rasseln, und vor dem Eingang rottete man sich mit den stachlig aufragenden Transparenten zu einem trotzigen Igel zusammen. Irgendjemand brüllte eine Parole, alle anderen brüllten sie ihm nach. Dann kamen Motorengeräusche langsam und drohend näher. Ich reckte den Hals: Mehrere Polizeiautos rückten an, außerdem zwei Mannschaftstransporter, groß wie Reisebusse, ein Krankenwagen und ein kantiges, lastwagenähnliches Gefährt, welches sich bei genauerem Hinsehen als Wasserwerfer entpuppte, ein Gerät, das ich bislang nur aus den Fernsehnachrichten kannte. Der polizeiliche Fuhrpark machte in ausreichendem Respektsabstand Halt, nur einige wenige Polizisten stiegen aus, man tat passiv und hielt sich im

Hintergrund. Augenblicke später fuhren zwei schwarze Limousinen vor, hielten in vielleicht fünfzig Metern Entfernung, und zwei, drei, vier, im Ganzen acht Männer stiegen aus, welche sich zunächst ihre Anzüge glattstrichen und dann beratend die Köpfe zusammensteckten. Schließlich kamen sechs von ihnen näher, während zwei bei den Autos verblieben. Einer von den Sechsen, ein junger stahlblonder Mensch im taubenblauen Tuch und mit verspiegelten Sonnenbrillenaugen, drückte demjenigen, welcher der Truppe voranging, ein Megafon in die Hand. Ohne zu wissen, um wen es sich bei diesen Personen eigentlich handelte, ließ ich die Kamera klicken, aber mir war klar, dass dies ein wichtiger Ausgangspunkt für die ganze Situation werden würde; darüber hinaus fand ich den stromlinierten hellhaarigen Dynamiker mit dem typischen vorauseilenden Habitus des potenziellen Führungspositionsanwärters von einmalig hohem Unterhaltungswert. Das Sextett hatte das Haus nun fast erreicht, es kam Bewegung in den Igel, man brach in laute Buhrufe aus, Fäuste wurden gereckt, einige lachten höhnisch, anderen genügte es, einfach auszuspucken. Der Anführer der Sechs, das Megafon im entschlossenen Griff, marschierte, ja stürmte unbeeindruckt weiter, seine fünf Kollegen hinter ihm mühsam schritthaltend. Einmal blickte er sich um und fuchtelte ein abwehrendes Handzeichen in Richtung des Polizeitrupps. Dann hielt er unvermittelt inne, so dass die anderen fast aufgelaufen wären, stellte das Megafon auf dem Bürgersteig ab, befreite sich von seinem Sakko und warf es dem Blonden statt in dessen Arme ins Gesicht – ein Glücksfall, dass ich gerade abdrückte –, lockerte die Krawatte, sicherlich nicht nur, um Volksnähe zu demonstrieren, sondern weil es trotz der frühen Stunde schon sehr warm war, sprach kurz zu den Seinen und ging allein weiter. Er krempelte noch die Ärmel hoch, dann hatte er das Haus erreicht, stand unter dem wallenden Transparent, setzte sich minutenlang den Schmähungen der Demonstranten aus, in der Hoffnung, man möge ihm Gehör schenken. Dem war nicht so, der Igel war wütend. Irgendwann hob er als verzweifelte Geste die Arme, bis jemand rief, man solle ihn sprechen lassen, was Proteste des Igels hervorrief, und bis man sich dort geeinigt hatte, dauerte es wieder, aber schließlich ließ man den Mann, bei dem es sich, wie mir einer der Anwesenden auf Nachfrage mitteilte, um den Bürgermeister handelte, doch noch zu Wort kommen.

"Dies ist nicht Berlin", begann er, und schon hob das Protestgeschrei erneut an, es wurde gepfiffen und gehöhnt, gebuht und geblökt, und mit allen greifbaren Gegenständen gelärmt, gerasselt, gedengelt und gescheppert. Entnervt wandte der Bürgermeister sich um und forderte mit ungeduldiger Geste seinen Adjutanten auf, ihm das Megafon zu bringen, welcher gleich zackig und dienstfertig unter heftig anschwellendem Protestlärm herraneilte. Der Bürgermeister riss ihm die Tröte aus der Hand und schob ihn, als er keine Anstalten machte, zu gehen, mit hektischen Bewegungen zurück ins Glied, was die Menge zu spontanem Beifall und Hohngelächter animierte.

"Ich hab's ja versucht, aber scheinbar geht es nicht anders", quäkte die Stimme aus dem elektrischen Trichter. "Ich dachte, ihr seid ein demokratischer Haufen, aber bei euch zählt wohl auch nur der, der das lautere Organ hat. Und ich sage es nochmal, selbst auf die Gefahr hin, dass ihr mich jetzt wieder niederschreit, aber dies ist nicht Berlin." Anhebendes Geschrei, wie erwartet, gefolgt von anhebendem Gegengeschrei mit der

Aufforderung, das Geschrei einzustellen, übertönt von Protestgeschrei, dann Durcheinandergeschrei, schließlich leiseres Geschrei, Murren, Stille.

"Danke", fuhr der Bürgermeister fort. "Wenn ich sage, dies ist nicht Berlin, dann meine ich, dass wir unsere Polizei nicht auf Leute hetzen, um sie verprügeln zu lassen, dass wir nicht wollen, dass Leute zu Schaden kommen, dass wir nicht wollen, dass es bei einer Räumung zu bürgerkriegsähnlichen Zuständen kommt."

Bei dem Wort 'Räumung' wurde wieder reflexartig gemault, aber der Bürgermeister ließ sich nicht beirren und behielt seinen konzilianten Ton bei: "Ihr habt gesehen, dass hinter mir zwei Busse vorgefahren sind mit einer Hundertschaft Polizei. Ich wollte das nicht, jemand in der Landesregierung hat dies über meinen Kopf hinweg beschlossen. Ich gehe davon aus, dass wir den Einsatz der Kollegen heute gar nicht brauchen. Aber trotzdem kann ich nicht nur nett zu euch sein. Ich habe in meiner Tasche einen Beschluss der Staatsanwaltschaft, der mich berechtigt, dieses Haus räumen zu lassen."

Irgendjemand zog eine Trillerpfeife hervor, die einen widerlich schneidenden Ton produzierte, und zehn oder fünfzehn andere, die über das gleiche Terrorinstrument verfügten, stimmten mit ein. Der Bürgermeister machte noch ein paar Versuche zu sprechen, gab aber schnell auf, denn nicht einmal mit dem Megafon ließ diese Kakophonie sich übertönen. Er ging zurück zur anderen Straßenseite, hockte sich am Fahrbahnrand auf den Bürgersteig, stellte die Flüstertüte neben sich, stützte den Kopf in die Hand und wartete. Seinen Begleitern, die sich ihm nähern wollten, gab er unwirsch Zeichen, dass sie sich zurückhalten sollten, und als ihm der Blonde etwas in Ohr flüsterte, reagierte er noch unwirscher und drängte ihn so wie vorhin genervt beiseite. Nachdem sich selbst unter den Hausbesetzern Unwillen über die dissonante Performance breitmachte, erreichte das Pfeifkonzert schließlich das Finale und verebbte, der Bürgermeister griff wieder zum Megafon, erhob sich, trat in die Mitte der Straße und sprach ruhig und vom obligatorisch zeitweise anhebenden Gegenlärm völlig unbeirrt.

"Dieses Haus ist nicht euer Eigentum, das wisst ihr so gut wie ich, und ihr habt kein Recht, euch darin aufzuhalten… was wir jetzt machen, ist folgendes: Es ist kurz vor neun. Bis halb zehn hat jeder von euch die Chance, das Haus zu verlassen, er kann gehen, wohin er will, mit freiem Geleit, ohne von der Polizei behelligt zu werden. Punkt halb zehn werden die Kollegen das Haus öffnen und jeden abführen, der drin ist, und jeder, der drin ist, wird polizeilich erfasst und zum Gegenstand von Untersuchungen durch die Staatsanwaltschaft. Er macht sich also potenziell strafbar. Wie ich euch schon gesagt habe, ich will das genauso wenig wie ihr. Ich weiß, dass ich es hier mit vernünftigen Leuten zu tun habe. Keiner von euch…"

Ein sich öffnendes Fenster blitzte in der Sonne, etwas zischte durch die Luft, der Bürgermeister fiel, das Megafon schepperte über den Asphalt. Von der Seite stürmte der Anzugtrupp herbei. Der Bürgermeister raffte sich hoch, von seiner Stirn rann ein dunkelroter Strahl in sein Hemd. Jedoch, diejenigen, die geglaubt hatten, ihn mattgesetzt zu haben, wurden eines besseren belehrt, denn dieser Mann war nicht gewillt, die Situation aufzugeben oder eskalieren zu lassen. Mit Gebrüll schob er die Anzüge beiseite, welche sich daraufhin mit verdatterten Mienen hinter geparkten Autos versteckten, und griff wieder nach dem Megafon. Aus dem Hintergrund näherte sich im Laufschritt ein Zug Beamter in Overalls,

Helmen, Schilden, die Schlagstöcke in der Rechten, aber der Bürgermeister erkannte die Gefahr, und mit der Wut und Gewalt des verwundeten Stieres, dazu verzerrten Gesichtes und von Kopf bis Gürtel im Blut schwimmend, warf er das Megafon weg, stürmte den Beamten entgegen und forderte sie mit in der Luft rudernden Armen auf, stehenzubleiben. Dann sackte er zusammen, und sein Kopf schlug mit einem dumpfen Knall auf das Straßenpflaster. Ein paar Leute eilten heran, beugten sich über ihn, einer rief nach dem Krankenwagen.

Aus dem Drama gab es nun keinen Ausweg mehr, es erfüllte sich von selbst. Offenbar war die Einsatzleitung hinter den Linien, in einiger Entfernung und nicht mit direkter Sicht auf die Geschehnisse, der vielleicht nicht unbegründeten Meinung, dass vorne Bereitschaft zu blutiger Gewalt herrsche, und kaum hatte man den Bürgermeister zur Seite gewälzt und auf den Gehsteig getragen, war der Weg für den Angriff frei. Als lange grüne Raupe wälzte sich die gesamte Hundertschaft heran, drang auf die Demonstranten ein und prügelte auf diese los. Die Transparente kippten, der Igel brach auseinander, die jungen Leute flohen panisch in alle Richtungen. Damit war das erste Ziel der Aktion erreicht: Die Tür des Hauses war frei. Ein Stoßtrupp versuchte, sie einzutreten, was aber nicht gelang. Aus dem Nichts erschien ein kleiner Bagger, hielt auf die Tür zu, von einigen Demonstranten mit Tritten und Schlägen traktiert, jedoch der Mann am Steuerhebel gab sich unbeeindruckt, hielt Kurs und blieb auf dem Gas. Ein einziger Hieb mit dem Greifer reichte, die Tür krachte aus den Angeln und segelte in den Hausgang hinein. Im Rückwärtsgang verschwand das gelbe Gefährt von der Bildfläche, während die Beamten in das Haus eindrangen.

Es waren zu viele, es gab am Eingang eine regelrechte Verstopfung. Vermutlich wollten sie später alle sagen können, sie wären als erste drin gewesen. Einige von ihnen nutzten die Gelegenheit, den Triumph symbolisch perfekt zu machen und zerrten an dem an der Fassade befestigen Transparent, das sich schließlich wie ein verfrühter Vorhang am Schluss des Dramas auf die Straße senkte, von ein paar von ihnen zu einem Knäuel zusammengetreten und im Dreck liegengelassen. Aber es war eben noch nicht Schluss. Die Jagd auf die Demonstranten war in vollem Gange, viele wurden verhaftet und abgeführt. Eine Gruppe von ihnen versuchte vergeblich, die ins Haus eindringenden Polizisten zurückzuhalten. Diese drängten und prügelten die Angreifer auf die Straße zurück, und dann war ich endlich selbst mittendrin in dem Gewühl aus wirbelnden Armen, hackenden Stöcken und klackenden Schilden. Ein Polizist schlug auf zwei Personen ein, versuchte sie, von der Gruppe zu trennen und abzudrängen, ich konnte nicht mehr ausweichen, und sie alle überrannten mich, während ich noch vergeblich versuchte, mich mit der Rechten im Fall abzustützen und mit der Linken die um meinen Hals wirbelnde Kamera einzufangen. Mein Sturz endete schmerzhaft auf der Bordsteinkante, den kreiselnden Schlagarm des Polizisten als Schatten im Gegenlicht über mir. Im angsterfüllten Reflex rollte ich mich zur Seite, fiel dabei zwar hart vom Gehsteig auf die Straße, kam jedoch blitzartig wieder auf die Füße und trat dem Beamten mit aller Kraft und Wut, die der Schmerz mir gab, in die Seite, so dass er in die Knie ging und fiel, und sein Schild und Stock übers Pflaster dengelten. Zum Jubel blieb keine Zeit, denn noch in derselben Sekunde verlor ich selbst durch den Tritt das Gleichgewicht, stürzte, lag benommen, über mir schon wieder ein schwarzer

Schemen mit weißen Abzeichen, der mein Fleisch zu Brei prügeln wollte. Aber es passierte nicht. Ein flirrender dunkeläugiger Schatten, umzaust von schwarzen Strähnen, zerrte mit gewaltiger Kraft an meiner Jacke, als wäre ich leicht wie ein Kind, stellte mich auf die Füße und schubste mich an, so dass ich zuerst, nach Gleichgewicht haschend, unsicher losstolperte, dann zu laufen begann, hinaus aus dem Aktionskreis des um sich schlagenden Polizisten. Um mein Erstaunen aufzulösen, sah ich über die Schulter zurück, aber was ich sehen wollte, war nicht mehr da, und im gleichen Moment wurde ich von zwei vorbeirennenden Leuten zuerst fast umgerannt und dann mitgerissen. Wir flohen als unorganisierter Haufen, als Ansammlung fliegender Arme und Beine weg von der Menge, zwischen die Häuser, fanden einen Seiteneingang, eine Treppe hinauf ins Ungewisse, einen Korridor, ließen uns dort zu Boden fallen. Die Kühle war angenehm, die Stille nur von unserem überhitzten Atmen durchbrochen.

Es waren ein junger Mann und ein Mädchen. Er saß schwitzend und keuchend mit geschlossenen Augen, sie rieb sich den Unterarm und verzog das von der Flucht gerötete Gesicht. Nach einer Weile stand er auf, schaute durchs Fenster zur Straße hinunter, wollte es öffnen, was nicht ging, knurrte einen Fluch und ließ sich wieder auf den Boden sinken.
"Wenn wir jetzt nochmal rausgehen, kriegen sie uns", sagte er mit wutschwelender Stimme. Die junge Frau massierte immer noch ihren Arm, blickte ihren Begleiter kurz an, als wollte sie etwas erwidern, schwieg eine Weile, und sagte dann leichthin: "Es ist noch nicht aus."
Er antwortete nicht, stierte nur mit flackerndem Blick vor sich

hin, unruhige Lichter in seinen Augen.

"Warum gibst du immer so schnell auf?" fragte sie und ließ von ihrem Arm ab. Er stieß einen verächtlichen Laut aus, versuchte, ihrem Blick auszuweichen.

"Sie sind doch längst im Haus und tragen alle hinaus", sagte er. "Alle sind verhaftet. Es ist vorbei."

Sie sah ihn wieder eine Zeitlang wortlos an, zog dann die Beine an, schlang die Arme um die Knie und drehte sich mir zu.

"Bist du von der Zeitung?"

Auf meiner Brust baumelte immer noch die Kamera, an einer Ecke leicht angeschrammt.

"Nein", sagte ich, kopfschüttelnd.

"Bist du vom Geheimdienst?" blaffte er und glaubte, mir mit drohendem Unterton Angst machen zu müssen.

"Ja. Bitte recht freundlich." Ich hielt den Apparat vor sein Gesicht und knipste. Er riss die Hände hoch und drehte sich weg.

"Es sind angeblich wirklich welche hier", sagte das Mädchen. "Vom Verfassungsschutz. Sie machen Fotos von uns, die landen dann in irgendeiner Kartei." Sie drehte sich ihm zu und wartete, dass er sie ansehen würde. Er tat so, als würde er es nicht bemerken. "Wer das wohl war mit dem Bürgermeister?" fragte sie.

"Ich weiß es nicht."

"Er hätte tot sein können."

"Es war doch nur ein Plastikbecher."

"Ein Plastikbecher? Hast du gesehen, wie er geblutet hat? Er hat ein Loch im Kopf. Das war kein Plastikbecher."

"Dann war es eben eine Flasche. Es ist doch egal."

"Egal? Einer aus unseren Reihen wirft dem Bürgermeister eine Flasche an den Kopf, und du findest das egal? Wer garantiert uns denn, dass er noch lebt?"

Er schnaubte, stand auf, schlich, Unberechenbarkeit und Zorn ausstrahlend, wie ein eingesperrtes Raubtier von Wand zu Wand.

"Er ist doch selbst schuld. Spielt den Helden mit Volksnähe und rennt ins offene Messer. Kein Wunder, dass er jetzt daliegt wie ein gefällter Baum."

"Ich glaube fast, du willst das", sagte sie fassungslos, bekam aber nur lautes, nervöses Schweigen als Antwort.

"Willst du das?" bohrte sie weiter.

"Ich sage es nochmal, er ist selbst schuld."

"Ich würde sagen, derjenige, der die Flasche geworfen hat, ist schuld."

Er hielt in seinem Raubtiergang inne und drehte sich um.

"Wer hat denn die Schlagstöcke und Wasserwerfer? Wer hat vorhin auf uns eingeprügelt? Die sind die Gewalttäter, nicht wir!"

"Bleib ruhig. Wenn die Flasche nicht geflogen wäre, hätten wir jetzt eine ganz andere Situation, und vielleicht wäre alles friedlich zu Ende gegangen."

Er baute sich vor dem sitzenden Mädchen auf, wild die Arme beutelnd, die Augen glasig und weit aufgerissen.

"Friedlich? Wer sagt denn, dass die nicht Pistolen unter den Overalls haben? Und dass sie die nicht irgendwann benutzt hätten?"

"Schrei mich bitte nicht an. Jedenfalls hat einer von uns angefangen und nicht einer von denen."

Seine Augen wurden noch größer, mit seinem offenen Mund rang er nach Worten, bis er sie fand und ausschrie:

"Auf welcher Seite bist du eigentlich, du dumme Gans?"

Sie stand auf, stemmte die Hände in die Hüften, trat dicht vor ihn hin, und sagte mit bedrohlich leiser Stimme, so dass ich die Ohrfeige, die ihn erwarten würde, schon hören konnte:

"Das nimmst du zurück."

Er schlug ihr ins Gesicht. Ihre rotblonden Locken zuckten wie in Zeitlupe von der Wucht des Hiebes, sie fiel auf den kalten Stein. Entsetzt fuhr ich hoch. Er glaubte nun, ich wolle ihn angreifen, duckte sich unter mir durch, stob den Gang entlang, stolperte, fiel, raffte sich schnaufend und schniefend wieder hoch und flog als lächerlich groteske Erscheinung in schlotternden Klamotten die Treppe hinunter. Unten krachte die Tür ins Schloss. Das Mädchen richtete sich halb auf, rutschte an die Wand unterhalb des Fensters, kauerte dort, das Gesicht in den Händen verborgen. Unschlüssig und mit zu vielen Armen stand ich vor ihr, Begrifflichkeiten abwägend, aber bevor ich etwas sagen konnte, nahm sie die Hände wieder vom Gesicht. Scheinbar hatte sie gar nicht geweint.

"So ein Idiot", zischte sie und schnitt eine unwillige Grimasse, ließ dann ihre Finger ordnend durchs Haar pflügen, glättete die Falten ihres Kleides, fegte ein paar Stäubchen weg, bis sich ihr Blick wieder auf meiner Kamera verfing.

"Mach ein Foto von mir", forderte sie mich auf. Ich zögerte.

"Von ihm hast du ja schon eins, jetzt kannst du auch eines von mir machen. Was du mit deinen Fotos machst, weiß ich nicht, aber es kann von mir aus jeder sehen. Und drunter schreibst du: Auch Alternative schlagen ihre Weiber."

Ich zögerte immer noch. Sie legte die eine Hand in den Schoß, stützte die andere auf den Boden und sah mich abwartend an. Vom Fenster loderte das Gegenlicht als glühende Aura um ihr Haar. Tränen glänzten in ihrem Lächeln. Durch den Himmel huschte eine Elster. Ich knipste.

*

Auch an diesem Abend konnte ich ohne ein paar Zeilen gereimten Gadamer nicht einschlafen.

Ich trinke manchmal Honigtau
aus reiner Freud', berauscht zu werden.

Ich renne durch den süßen Regen,
Himmelsgeschenk auf Erden.

Butterblond, ein Traum -
Und ich an ihrem Rocksaum.

Um vier erwachen die Atome.
Großstadtgeschiebe, meine Liebe

Auf meiner Miene Hilfsgeblinke
dringt nicht einmal durch ihre Schminke.

Fantasie in Moll
Reflexion, verhängnisvoll.

Entscheidung fällt im Morgengrau'n,
der arme Ritter reitet wieder.

Doch Fräulein Sanft ist auf der Hut -
Weibsverstand schlägt Tunichtgut!

Den Sieg verschenkt, die Schlacht verloren.
Zum Weiterträumen auserkoren.

V

Es fühlte sich immer gut an, so wie heute wieder ins Freie zu treten, den Blick gespannt zum Horizont gerichtet, mit einer Ahnung, was dahinter sein könnte, und gleichzeitiger Vorfreude auf das Unbestimmte. Während im Alltag Wege meist als lästig und zeitraubend empfunden werden, freute ich mich als Wandernder auf das Erleben des Weges genauso wie auf das zu erreichende Ziel. Saubere Kleidung, blankgewienerte Stiefel und der gewohnte Stock in der Rechten trugen zum allgemeinen Wohlbefinden bei. Zudem hatte ich neues Kartenmaterial erworben, dieses ausgiebig studiert, und war früh aufgestanden, um das geplante Pensum einigermaßen vorsatzgetreu bewältigen zu können. Vor mir lag plattes, oft von kleinen spiegelnden Seen benetztes Land, von dünnen Wäldern gesäumt, vom strengen Äckermosaik beherrscht. Die ewige Autobahn, die sich mit anschwellendem Tosen ankündigte, versperrte mir bald, wie von der Karte prophezeit, als von Horizont zu Horizont reichendes Band den Weg, aber ein Hinüberkommen schien unmöglich, denn niemand hatte eingeplant, dass hier einmal ein Menschlein kreuzen könnte. Auch die Karte hatte keine Möglichkeit preisgegeben, wie das Hindernis zu passieren sei, und ich hatte diese Bedenken zunächst lapidar beiseite gewischt, fand mich aber nun entsprechend hilflos parallel zum vorbeidonnernden Verkehr hin- und herirrend, bis sich endlich ein Durchgang fand: eine beängstigend dunkle, verschmutzte Röhre, ein durch gleichgültige Rennpistendesigner realgewordener, mit glitschigen Fliesen ausgekleideter Betonalptraum, den Charme einer Bahnhofstoilette verströmend, mit vom dort nistenden

Flugvolk verunreinigten Wänden, toten Neonlampen, finsteren Nischen, in denen schaurige Schatten lebten, all dies umbrandet vom Gebrüll der Lastzüge wenige Meter über meinem Kopf. In der Mitte des Tunnels war es so dunkel, dass ich mich selbst, geschweige denn den Boden vor mir, nicht mehr sehen konnte, und ein Gefühl, jeden Moment in eine schwarze Leere fallen zu können, kroch mir den Rücken hoch. Das Licht am Ende der Röhre schien nicht näherkommen zu wollen, und ich musste mich mühsam beherrschen, nicht mit angstvoller Geste danach zu greifen. Wieder draußen, lag ruhiges, ebenes Grün vor mir, und mit größer werdender Distanz zur Autobahn samt all ihren Lästigkeiten war die unangenehme Episode schnell vergessen.

Dass das Gehen durch ein mitteleuropäisches Industrieland niemals ein Gehen durch unberührte Natur sein würde, war mir natürlich schon vor der Reise klar gewesen, und es wäre auch naiv, etwas anderes zu glauben, aber ich wollte das Land durchaus so erleben, wie ich es vorfand, ich war nicht auf einer Suche nach Natur oder falscher Natürlichkeit, ich war gewillt, meine Schwärmereien und Idealisierungen von dunklen Wäldern und kühlen Gründen mit meiner Abneigung gegen asphaltierte Rennbahnen und dystopische Wohnschachteln unter einen Hut zu bringen. Und ich fand es gut, so wie es war, abgesehen von missliebigen Begegnungen wie gerade eben. Darüber hinaus kurbelte diese simple Tätigkeit, die Gehen nun mal ist, häufig wunderbar farbige Gedankengänge in meinem Kopf an, obwohl oder gerade weil alle Sinne ständig einer Vielzahl von Eindrücken ausgesetzt und auch die physische Koordination permanent gefordert war, aber genau dieser harmonische Akkord von Geist und Körper, in Verbindung mit dem unmittelbaren Erleben der Landschaft mit mir selbst als Teil davon, beförderte eine Klarheit in meinem Denken, die in einem geschlossenen Raum kaum möglich gewesen wäre, schuf bei der Loslösung von innerräumlichen Zwängen Bahnen für frei fließende Gedankenassoziationen, die mir zahllose Ideen zur literarischen Verwertung bescherten, und oft fühlte es sich an, als wäre das Gehen durch die Landschaft das Gehen durch eine Geschichte, als ob die Abfolge der Bildlichkeit der Natur bereits der chronologisch angeordneten Kapitelabfolge einer Handlung entspräche, was mir unzählige Anstöße gab, spontan zu mir Kommendes in mein sich immer reichlicher füllendes Notizbuch zu kritzeln.

Über einen sich zwischen buschigen Hecken schlingenden Wirtschaftsweg mit beiderseits des üppigen Mittelbewuchses tief ins Erdreich gemahlenen Fahrfurchen erreichte ich später eine von einem munteren Bach untersprudelte Fußgängerbrücke, es bot sich ein stiller, nur vom silbrigen Wassergeräusch belebter Platz, licht und träumerisch, ideal für eine Rast. Nachdem ich mich von der Last des Rucksacks befreit hatte, wühlte ich nach Proviant für eine kurze Zwischenmahlzeit, welche schließlich nur aus Keksen bestand, die ich mit Mineralwasser anfeuchtete. Eigentlich sehnten sich meine Geschmacksnerven nach Schokolade, auf deren Mitführung ich jedoch schon seit Beginn der Reise aufgrund der meist warmen Witterung verzichtet hatte, und so nahm ich mit einem Sortiment aus Keksen vorlieb, dessen Standard Butterkekse waren, einmal auch dürre Haferkekse, die jedoch so schmeckten, als ob sie und ihre Verpackung aus dem gleichen Material hergestellt wären. Mein klarer Favorit waren Zuckerkringel, jenes runde, fast handtellergroße Backwerk, auf dem sich das süße Kristall in abenteuerlich schamlosen Mengen extrovertiert, welches in den meisten Supermärkten zu günstigen Kursen käuflich erworben werden konnte und das ich in der Keksdose im Rucksack stets in großer Menge vorrätig hielt, denn, so redete ich mir ein, ein wandelnder Kaloriengroßverbrenner wie ich hatte ja wohl das natürliche Anrecht auf ein Viertelkilo zuckerfunkelndes Gebäck täglich, und ich hielt mich dran. So ließ ich mich am Brückengeländer nieder, baute ein Türmchen aus Zuckerkringeln neben mir auf, welches ich in durchaus beachtlicher Geschwindigkeit reduzierte, beobachtete das Spiel der Sonne auf dem Wasser und versank im Blick nach oben in das strahlend leere Blau des Himmels. Im Geäst über meinem Kopf tänzelte wieder die mittlerweile unvermeidliche Elster, zuerst beäugte sie mich, dann flatterte sie bodenwärts und stelzte in sicherer Entfernung kopfnickend durchs Gras. Nicht genau wissend, ob sich diese Art Vogel überhaupt etwas aus Zuckerkringeln macht, warf ich ihr ein paar Brocken davon hinterher und wurde prompt enttäuscht, weil das scheue Tier bei meiner Bewegung sofort aufschreckte und dickichtwärts türmte. Den obligatorischen Trieb, ihr mit der Kamera hinterherzuschießen, unterdrückte ich, da ich wusste, dass diese Vögel einfach zu flüchtig und zu schnell für ein würdiges Porträtfoto waren, machte mir aber leise Hoffnungen, dass das Tier, sobald ich den Platz verlassen hatte, zurückkehren würde, um vermeintlich unbemerkt das zuckrige Zeug aufzupicken, so dass ich aus einiger Entfernung vielleicht doch noch zum Schuss käme. Zuhause waren mir diese Tiere nie aufgefallen, was aber daran liegen konnte, dass ich meine Tage dort nicht wandernd, sondern am Schreibtisch sitzend verbringe, ohnehin den Ruf eines Stubenhockers gnädig erduldend, aber wer könnte schon woanders kreativ sein als in seinen vier Wänden. Doch wo war eigentlich das restliche fliegerische Kleinvolk aus Goldammern, Stieglitzen und Pirolen, das man aus schulischer Heimat- und Sachkunde von Bildern kannte? Wieso kreuzte nie ein Dompfaff, ein Kleiber oder ein Zaunkönig meinen Weg? Wo waren sie, die Eisvögel, die Neuntöter, die Wiedehopfe? Wohl ahnte ich, dass sie durchaus da waren, ich einfach nur nicht genau genug hingesehen hatte und mein ungeschulter, flüchtiger Städterblick zum Aufspüren dieser gefiederten Farbtupfer nicht ausreichend geschult war, geschweige denn in der Lage gewesen wäre, eine Art von der anderen zu unterscheiden, und überdies mochten sie alle vorsichtig und nicht so keck sein wie die Elster, die mich fortwährend mit ihrer jähen Ankunft lockte, um mich dann mit umso schnellerer Flucht zu foppen.

Laienhaft vor mich hin ornithologisierend also lehnte ich entspannt und zufrieden am Brückengeländer, mit keksmahlenden Kiefern Rast und Ruhe genießend, als das Geräusch eines Automotors diesen so schönen und ruhig dahinfließenden Moment störte. Halsreckend hörte ich auf zu kauen. Ein Fahrzeug tuckerte über den Feldweg, rollte langsam näher, blieb schließlich halbverborgen hinter der Hecke stehen, der Motor ging aus, und, nein, ich hatte mich nicht getäuscht: Weiße Schrift auf tannengrünem Lack samt blauer Leuchte dächlings – die Staatsmacht war auch hier, in diesen entlegensten Winkeln ihres Territoriums, präsent. Es passierte einige Augenblicke nichts, ich konnte durch das im leisen Wind gaukelnde Blattwerk nicht genau erkennen, was vor sich ging, aber irgendwann klapperten doch die Autotüren, es wurde ausgestiegen, die Türen zugeknallt, und im Gras knisterten Schritte. Grübeleien plagten mich. Was war eigentlich gestern nochmal gewesen? Ach ja: Während einer Straßenschlacht hatte ich einen Polizisten tätlich angegriffen und war dann geflüchtet. Mir blieb das Backwerk im gereckten Halse stecken. Eifrig schüttete ich Wasser hinterher und bemühte mich um einen harmlosen, positiv nichtterroristischen Gesichtsausdruck, obwohl ich es für nahezu ausgeschlossen und undenkbar hielt, dass die Tentakeln des Gesetzes mich wegen der gestrigen Angelegenheit zu greifen suchten.

Es trotteten schließlich zwei Beamte hinter der Hecke hervor, ihre Uniformen in der Mittagssonne satt leuchtende Farbkraft wie aus der Waschmittelwerbung verstrahlend, beide mit vorgegebener Gleichgültigkeit im Blick und polizeischulgemäß deeskalierender Körperhaltung, als wäre ihre Anwesenheit hier einer Zufälligkeit zuzuschreiben und der Gang ins Grüne nur zum Zwecke des Vertretens der Beine erfolgend. Eilig rechnete ich nach und kam mit nicht geringem Erstaunen zu dem Ergebnis, dass dies nun schon die dritte Begegnung mit den Exekutivorganen dieses Landes seit Beginn meiner Reise war, mehr als in meinem ganzen früheren Leben vor meiner Wanderkarriere. Die Beamten kamen näher, traten auf die Brücke und blieben im Gegenlicht vor mir stehen, so dass ich von unten nur noch zwei bemützte Schatten ausmachen konnte. Sie grüßten im hiesigen Dialekt und eröffneten den Dialog erwartungsgemäß mit der Standardfrage, was ich hier mache. Wahrheitsgetreu gab ich wieder, dass ich gar nichts mache, sondern nur hier säße. Ob sie mal meinen Personalausweis sehen könnten? Kurzes Wühlen im Rucksack nach dem grauen Büchlein. Der eine blätterte darin, der andere inspizierte derweil die

Baumkronen. Ich sei nicht von hier, sagte der erste Polizist, ob ich auf der Durchreise wäre, und ich bestätigte ihm gern, dass man dies so nennen könne. Wo ich denn hinwolle, wurde nachgehakt, und auch das konnte ich mühelos beantworten. Mit dem Auto unterwegs? Aber nein, meine Herren, wo ist Ihre kriminalistische Beobachtungsgabe, schauen Sie sich doch mal meinen Aufzug an. Polizist Eins tat dies gründlicher, als ich erwartet hätte, studierte mich vom Scheitel bis zu den verkrusteten Wandersohlen und fasste dann misstrauisch meinen ausgebeulten Rucksack ins Auge, als ob er dort die Büchse der Pandora vermutete. Dabei war es nur die Büchse mit den Keksen. Ob die Herren vielleicht einen Zuckerkringel?… Schließlich wurde mir verdeutlicht – immer noch von Polizist Eins, ich schöpfte den Verdacht, dass Nummer Zwei Lehrling war und heute mal zuschauen durfte –, dass ich zwar die Mahlzeit beenden könne, aber danach bitte mein Bündel zu schnüren und die Gegend zu verlassen hätte, wurde in belehrendem Ton darauf aufmerksam gemacht, man sähe 'das hier' nicht gern, es habe auf den umliegenden Bauernhöfen in letzter Zeit Einbrüche gegeben, man sei in Sorge und wolle die Lage unter Kontrolle behalten, man hätte auch prinzipiell nichts gegen Wanderer und Fremde in der Gegend, aber man müsse mir dennoch nahelegen, möglichst bald weiterzugehen. Weitergehen! Wenn die gewusst hätten, wie oft ich in letzter Zeit weitergegangen war. Sie wussten es nicht. Weder sei ich Einbrecher noch Landstreicher, wandte ich ein, und würde gern dort sitzen bleiben und Zuckerkringel vertilgen, wo es mir passe, weil dies, führte ich an, soweit ich wüsste, nicht untersagt sei, und ich sähe keine Grundlage, ohne Not einen freien Bürger des Landes von einer ebenso freien Brücke zu verjagen. Der Übermut packte mich: Ob ihnen denn der Name in meinem Ausweis nichts gesagt hätte, sie nicht wüssten, dass ich auch manchmal für die großen überregionalen Blätter schriebe und mich nur ungern gezwungen sähe, in meiner vierzehnteiligen Reisereportage diesen Landkreis als geradezu ungastlich zu erwähnen? Beide standen, die Hände in die Seiten gebohrt, einen Moment stumm da – Nummer Zwei sowieso –, bis Nummer Eins den denkwürdigen Satz tat: "Sie haben uns verstanden", er seinem Lehrling eine auffordernde Geste hinfuchtelte und sie sich zum Gehen wandten. Man entfernte sich so, wie man gekommen war, langsamen Schrittes plus scheinbar gleichgültigen Körperausdrucks, ging zurück zum Wagen, stieg ein. Danach schien noch eine Weile lang gar nichts zu passieren – ob sie wohl gerade ein Foto durch die Hecke hindurch von mir machten so wie ich von ihnen? –, bis der Motor wieder angeworfen wurde und das polizeiliche Gefährt in einer kleinen Auspuffwolke entschwand. Meiner guten Stimmung hatte dieses Aufeinandertreffen keinen Abbruch getan, tatsächlich fühlte ich mich mit einem Mal derart tiefenentspannt, dass ich fast augenblicklich in einen erholsamen Mittagsschlummer hinübersackte.

Als ich später den Platz verließ, ohne genau sagen zu können, wie lang ich geschlafen hatte, tastete ich im Blick zurück nochmals Bäume und Gebüsch ab, ob sich die Elster jetzt zeigen und beim Aufpicken der Kekskrümel würde ablichten lassen, aber weit und breit kein Lebenszeichen von dem klugen Vogel. Es ging weiter. Wieder einmal kam ich in die Nähe eines Waldes, überlegte, ob ich auf freiem Feld über die offene Pläne weiterlaufen oder mich doch wieder den Lockungen des dunklen Tanns hingeben sollte, blieb letztlich doch meinem Weg und meiner Richtung treu, querte wie gewohnt Straßen, Wiesen, Äcker, freute mich an den im Sonnenlicht flimmernden vitalen Erdtönen der Landschaft, lauschte den Klangräumen, schmeckte Pflanzendüfte in all ihren Abstufungen. Von Zeit zu Zeit war da dieses angenehm holzige, rauchig-bittere Aroma, das ich auch von zuhause kannte, von dem ich aber nie wusste, woher es kam, und welches in mir immer unwillkürliche Erinnerungen an frühe Schulzeiten hervorrief, ohne dass ich sagen hätte können, wo der Zusammenhang zwischen dem einem und dem anderen war, aber ich mochte das warme, nostalgische Gefühl im Bauch, welches mich für einen Moment in der Illusion weichen Zurückgleitens in eine Vergangenheit aus sorglosen Kindertagen wiegte. So wanderte und wandelte ich weiter, alles hinnehmend und mich bereitwillig dem ergebend, was immer sich gerade vor mir und um mich rum auftat. Ein kleiner Ozean aus hüfthohen, mit zartblauen Blüten betupften Gräsern tat sich auf, in dem mittig eine Baumgruppe mit vom Wind nach Westen gedrechselten Ästen aufragte, welche mit entspannter Erhabenheit bei vielstimmigem Baum-kronengeflüster den Wanderer gleichgültig passieren ließ, die ganze Szenerie durchbrochen und ins Überwirkliche transponiert durch die Präsenz einer zwischen den Halmen einherschwebenden Barmherzigen Schwester in vollem Habit und mit entrücktem Blick auf ihrem Weg vom Irgendwoher nach dem Irgendwohin. Unweit von dort trug sich die nächste wunderliche Begegnung zu, diesmal in etwas derberer Ausprägung, es grasten Kühe auf der Weide, und der Bauer war gerade dabei, das Gatter aufzumachen und die Herde auf den Weg zu lassen. Es gab kein Entrinnen, ich konnte nicht mehr aus und fand mich inmitten von vielleicht zwanzig oder fünfundzwanzig gleichgültig trottenden, schmutzig graubraunen Rindern, versuchte mich noch am Wegesrand ins Gebüsch zu drücken, um nicht bei einer Stampede unter die Hufe zu geraten, konnte mich jedoch der Aufmerksamkeit eines der Tiere nicht entziehen, welches schnuppernd und nickend auf mich zuhielt und mit sanftem Blick aus großen Kuhaugen an meinem Bauch zu knabbern begann, während ich hilflos grinsend und mit linkischer Motorik seinen Kopf zwischen den Hörnern tätschelte und mir ins Gedächtnis zu rufen versuchte, ob man je von Kühen gehört hatte, die sich in Menschenfleisch verbissen hatten, und ich glaubte mich zu erinnern, dass es meist umgekehrt war. Das Tier ließ schließlich desinteressiert von mir ab – offensichtlich hielt ich dem direkten Geschmacksvergleich mit einer saftigen Weide nicht stand – und trabte, vom gleichgültig dreinschauenden Bauern mit einem Stock traktiert, zur Herde zurück, während ich mich beim Weitergehen meiner etwas weichgewordenen Knie schämte.

Als ich wieder einmal dem großen fließenden Gewässer nahekam, fragte ich mich, ob es nicht eine gute Idee wäre, ein Stück des Weges – nur ein Stück, ich war ja Wanderer – per Schiff zu bewältigen, und malte mir daraufhin mit der für all jene meiner Generation, welche zu viel Tom Sawyer gelesen haben, typischen Mississippi-Romantik die sorglose Leichtigkeit entspannten Dahingondelns auf einem alten Binnenfrachtkahn aus, erkannte aber nach einem kurzen Blick auf die Karte, dass mich das weit, weit ab von meinem Weg bringen würde, da der Strom hier über eine lange Distanz eine Schleife nach Osten schlug, bevor er sich langsam wieder Richtung Meer recken würde. Der Umweg war zu groß, das stand fest, und ich verwarf die Idee wieder, wobei sie mir noch einige Tage durch den Kopf geisterte und ich mit dem Gedanken spielte, das Vorhaben vielleicht doch irgendwann in die Tat umzusetzen, irgendwann, wenn ich einmal wieder den Drang zu einer Reise der etwas anderen Art verspüren sollte. Zurück aus meinen entgleisenden Fantastereien holten mich wieder die unmittelbaren Gegebenheiten der Umgebung, selbst wenn es wie in diesem Fall nur eine eigentlich lächerliche Kleinigkeit war, nämlich der Anblick eines morschen und halbversunkenen, wohl schon vor sehr langer Zeit aus rauhen Latten zusammengezimmerten Zaunes, welcher, von loderndem Grünzeug stranguliert, wie ein langes Elend darniederlag und aus finsteren, toten Winkeln jammernde Schatten warf, und den ich begeistert nach allen Regeln der Kunst fotografierte, als hätte ich den Eiffelturm vor mir. Der eigentliche Reiz des Wanderns, dies wurde mir immer mehr klar, war das Unbekannte, das Nicht-Wissen, was sich hinter der nächsten Biegung, dem nächsten Hügel verbergen würde – mit all seinen Risiken: In Erwartung einer schönen Aussicht von der vor mir liegenden Anhöhe nahm ich den Aufstieg auf mich, nur um oben mit Ernüchterung festzustellen, dass dort eine Bundesstraße hineingehackt war, auf der lärmige Vierräder hin- und herbrausten und es keinen Platz für Wanderer gab. Kleinlaut nahm ich mir vor, bevor ich mich künftig dem Reiz des Unbekannten hingeben würde, vorher doch noch einen Blick in die Karte zu tun. Einer dieser Blicke führte mich an einen Badesee, wo eine Abordnung schwarzbelederter Mitglieder eines Motorradclubs ihre Zelte aufgeschlagen hatte. Schnell war ich eingeladen, verschmähte zwar Bier und Gegrilltes, welches mir angeboten wurde, kam aber trotzdem gut ins Gespräch mit allen und erntete viel

Verwunderung über mein unmotorisiertes Tun. Unter viel Zuprosten zog ich weiter, verlor dann doch, im unbekannten Terrain, trotz Gegenkontrolle mit Sonnenstand und Karte, die Himmelsrichtung und fand mich unerwartet vor einem ausgedehnten Forst wieder. Die Karte kannte diesen Wald nicht, oder ich kannte die Karte nicht mehr, jedenfalls wollte ich es mir selbst kaum eingestehen, dass ich völlig die Orientierung verloren hatte. Zweifelnd verrenkte ich den Hals nach der Sonne, als ob sie sich im Lauf getäuscht hätte, faltete und hantierte an der Karte herum, als wäre diese seitenverkehrt und nicht ich. Egal, sagte ich mir, diesmal musste es halt sein, und eine Straße würde als Orientierungshilfe herhalten müssen. Der Asphaltverächter stapfte also mürrisch los, auf der Suche nach einem rettenden grauen Band, und natürlich, brauchte ich einmal eine Straße, fand ich keine, im Gegenteil, je weiter ich vorankam, desto mehr verdichtete sich das Grün auf allen Seiten, der Weg wurde zum schmalen Pfad, verlor sich schließlich im Gras, und der Wald sog mich ein. In ihm hatte ich viel mehr das Gefühl von unberührter Natur als im letzten Tannenwald, es war ein heller, hoher Laubwald, zwischen den Stämmen ausgiebige, reichhaltig mit feuchtglitzerndem Grün und weißen Blüten bestandene, lichte Freiflächen, beschallt vom Gesang seiner flügelbesitzenden Bewohner und dem Getuschel des Windes zwischen sich wiegenden Ästen. Und da, schon wieder eine Elster, welche nur wenige Schritte entfernt an mir vorbeiwatete, dann schreckhaft aufflog und sich ebenfalls schon wieder schneller im Geäst auflöste, als ich die Kamera in Anschlag bringen und abdrücken konnte. Der silvanischen Anmut in Ehrfurcht ergeben, tappte ich tiefer hinein ins Unbekannt, im Unterholz äderigen Baumwurzeln und fußangelndem Gestrüpp ausweichend, über mir der Himmel lichtgrau changierend, zwischen den Bäumen seidige Ahnungen von Nebel wabernd. Das Knistern des Blattwerks und der Halme unter meinen Sohlen verstummte, als ich einen breit ausgetretenen Weg erreichte, der sich bald wieder mit einem anderen Weg kreuzte, und ich erneut vor der alten Entscheidung stand: links, rechts, geradeaus? Wo war die Sonne? Oben, ja, aber im Rücken oder vorne? Meine hilflosen Blicke himmelwärts blieben fruchtlos. Links müsste Norden sein, spekulierte ich, weil links sich eher wie weggehen, rechts sich wie heimgehen anfühlte. Eine großartige Theorie. Noch ein letztes Mal schielte ich nach dem himmlischen Kompass, der sich aber nach wie vor verborgen hielt, und bog links ab. Schon war es mit der wunderlichen Stimmung vorbei. Der Weg gab sich gerade und ausgelatscht, und die Bäume hatten Namensschilder. War dies also auch kein Märchenwald, sondern schon wieder ein behördlich durchorganisierter Staatsforst. Aber es wurde doch noch spannend: Die Sonne brach endlich durch. Stand und Uhrzeit waren schnell verglichen, und ich klopfte mir innerlich auf die Schulter, denn anscheinend war ich auf korrektem Gadamer-Kurs. Mit dem Sonneneinfall öffnete sich auch der Wald, dunstige Schwaden dampften über den Böden, und, mit einem Mal, vor mir, durch die Bäume hindurch, flickerte Gold, das mich lockte wie Licht den Käfer, und unfähig, dem Ruf der metallgelben Pracht zu widerstehen, hielt ich direkt darauf zu, bewegte mich zwischen dem Lichtglanz der Sonne hinter und dem des Metalles vor mir, nicht wissend, ob ich mir gleich die Flügel verbrennen würde, erreichte den Waldrand, schließlich einen Parkplatz, auf dem mehrere Fahrzeuge abgestellt waren, ein Kombi, ein Coupé sowie eine metallic-goldene Limousine, deren Außenhaut in feurigen Blitzen das Sonnenlicht zurückwarf. Im Forst, so mutmaßte ich, tummelte sich offenbar eine betuchte Jagdgesellschaft, und als der erste Schuss kalt über den Baumwipfeln verhallte, sah ich mich zusammenzuckend bestätigt. Noch nie zuvor hatte ich einen Schuss gehört, außer im Fernsehen, dort wird ja ständig geschossen, und auch wenn ich wusste, dass hier wahrscheinlich zielsichere Diplomjäger am Werk waren, fühlte es sich unangenehm an. Der zweite Schuss fiel, und nach dem dritten zog ich mich zurück an den Rand des Parkplatzes hinter einen Stapel gefällter, kugelsicherer Stämme, kramte die Wasserflasche heraus, trank, und harrte der Dinge, die da kommen mochten. Irgendwann drangen die ersten Geräusche aus dem Wald: stolprige, hastige Schritte, Sprachfetzen, Gerassel und Gerüttel. Das, wie ich es mir vorstellte, obligatorische Hundegebell stellte sich nicht ein. Und die Sprachfetzen und Schritte wurden lauter, man kam. Reichlich laut fand ich es für eine geübte Jägerschaft, und ich täuschte mich nicht, wenn ich zwischen all dem Gekläng eine Frauenstimme vernahm, der Hysterie nah, aufgelöst in Schluchzen, Kreischen, Wehklag. Dann brachen sie aus dem Holz hervor, ein Grüppchen schwer beflinteter Grünröcke in traditioneller Jagdmontur, im schnellen Marschtritt sich nähernd, zwischen ihnen eine weinende Frau, links und rechts gestützt von zwei Jägerkollegen, halb hinfallend, halb gezogen, über den Parkplatz zur Goldlimousine geschleift und auf den Beifahrersitz gesetzt. Die beiden Männer redeten auf sie ein, ein dritter, mit Fasanfeder am Hut und die Hand am Riemen der lässig geschulterten Jagdbüchse, sah zunächst desinteressiert zu, zündete sich eine Zigarre an und suchte den Waldrand mit Blicken ab, bis sich von einem gegenüberliegenden Waldweg ein Geländefahrzeug mit offener Ladefläche näherte und auf dem Parkplatz hielt. Der Fahrer stieg aus, der Fasanenhutträger ging auf ihn zu, sie sprachen miteinander. Schließlich gab er ein Zeichen, und der Fahrer öffnete die Ladeklappe. Zwei Rehleichen lagen da, blutbefleckt, mit im Tod gefletschten Zähnen, das Fell nass und struppig, daneben ein toter Hund. Der Fasanhut und der Fahrer plauderten kurz, dann wurde die Ladefläche wieder geschlossen. Der Fasanhut trat an die Goldlimousine heran, die beiden anderen wichen zur Seite, und er sprach kurz auf die Frau ein, schlug danach die Beifahrertür zu. Er unterhielt sich mit den Männern und setzte sich anschließend mit dem Fahrer in den Geländewagen. Einer der beiden anderen stieg in den Kombi, ein schon etwas angejahrtes Modell, dessen Lack beim Zuschlagen der Wagentür in silbernen Blättern zu Boden rieselte, und fuhr davon. Der andere kam gemächlichen Schrittes zum Baumstapel herüber, stellte sein Gewehr ab, kramte aus einer der zahllosen Taschen seines Wamses ein in Papier gewickeltes belegtes Brot hervor, ließ sich auf einem Baumstamm nieder und begann bedächtig zu essen.

"Geht auf Rehe und schießt den eigenen Hund", sagte er nach einer Weile verächtlich, eher zu sich selbst, aber laut genug, dass ich es hören konnte. Er kaute weiter, den Blick auf das Auto gerichtet, in dem die untröstliche Frau saß, und schüttelte mehrmals den Kopf dabei. Nachdem er die Mahlzeit beendet hatte, zückte er einen Flachmann und trank in glucksenden Schlucken. Zwischenzeitlich war der Fasanhutträger wieder aus dem Geländewagen ausgestiegen, warf sein Gewehr in den Kofferraum der Limousine, stieg, immer noch die Zigarre zwischen den Zähnen, ein – beim Öffnen der Tür war das Schluchzen der Frau nach wie vor deutlich zu vernehmen –, rangierte rückwärts in die Mitte des Parkplatzes, riss das Steuer herum, gab zu viel Gas. Der schwere Wagen heulte grimmig auf, drehte sich in einer wirbelnden Wolke aus Schmutz und altem Laub einmal fast um die eigene Achse und donnerte über die Zufahrtsstraße davon. Der Jäger auf dem Baumstapel schulterte seine Flinte wieder, ging hinüber zu dem geparkten Coupé, und ich konnte noch hören, wie er zu sich selbst sagte: "Der Tod wird völlig überschätzt."

*

Nicht immer war das Wandern ein reiner Spaziergang, wenn mich, so wie heute, meteorologische Unwägbarkeiten aus dem Hinterhalt überfielen. Zwar glaubte ich mich zu erinnern, in der Zeitung etwas von 'örtlichen Gewittern' gelesen zu haben, hatte dies aber längst verdrängt, als ich im halboffenen Hemd über die Felder bummelte und zur freundlichen Sonne hinter mir zunächst graue und dann schwarze Wolkentürme vor mir dazukamen. Nichts Gutes ahnend, begann ich mich hektisch nach einer Unterstellmöglichkeit umzuschauen, aber es war schon zu spät. Binnen Minuten wandelte sich das heitere Sonnenwetter in einen atmosphärischen Zornesausbruch. Die ersten Blitze zuckten, ferne Donnerschläge verrollten mit nervösem Echo, kamen näher und explodierten in wildem Furor. Dicke Regentropfen klatschten mir ins Gesicht, ein aus dem Nichts hervorwütender Wind drosch auf mich ein. Es war mittlerweile bedrohlich finster geworden, in den Regen mischten sich zunächst vereinzelte Hagelkörner, es wurden immer mehr, schließlich prasselten sie zu Hunderttausenden hernieder, groß wie Spatzeneier. Laufen hatte eigentlich keinen Sinn, weil ich nicht wusste, wohin, und durchnässt war ich längst, aber dennoch begann ich zu rennen, denn um mich rum war nur offene Landschaft, und ich wollte weder vom Hagel noch vom Wind und am wenigsten vom Blitz niedergeworfen werden. In vielleicht einem halben Kilometer Entfernung ragte ein Waldrand auf. Trotz der Last auf dem Rücken erhöhte ich das Tempo und kam schwer ins Schnaufen. Die einzige Hilfe in dieser Lage war mir der Wanderstab, mit dem ich mich vom Boden abstieß. Der Untergrund verschlammte immer mehr und saugte meine Schuhe mit jedem Schritt gierig an, ich kam in der quatschigen Erde nur noch mühsam voran, und irgendwann blieb auch der Stock stecken und entglitt mir, so dass ich mit leeren Händen weiterrannte, die ich ohnehin brauchte, um die Ohrfeigen des Hagels und des Windes abzuwehren. Dennoch bekam ich einen Schlag ins Auge, es musste ein verirrtes Hagelkorn gewesen sein, aber ich hatte keine Zeit, Überlegungen anzustellen, ich musste weg von hier. Ein Weg kam in Sicht. Quer über die Wiese, die leicht abschüssig war und auf der jetzt helle Bäche hinabschnellten, hielt ich darauf zu und kam auf dem festen Untergrund gleich viel schneller voran. Der Waldrand, endlich, und dort eine Hütte, ein Haus im Dunkeln hinter den Bäumen, ein altersschwaches Forsthäuschen, die groben Holzplanken, aus denen es zusammengehämmert war, windgeschliffen und frostvernarbt, blinde, teilweise gesplitterte Fenster starrten mich wie erloschene Augen an, aber all das war mir egal, es war ein fester, menschengemachter Bau, er versprach Schutz, Trockenheit, Geborgenheit. Nur noch wenige Meter, die Seiten stechen mir, ich erreiche den Bretterverhau mit ausgepumpten Lungen und versiegenden Kräften. Die Türklinke quietscht, ein feuchtwarmes, dunstig-dampfendes Halbdunkel tut sich auf, und zu meinem Erstaunen stelle ich fest: Ich bin nicht allein. Vor einem Fenster bewegen sich die Umrisse gepanzerter Gestalten, Lanzen in ihren Händen. Als man mich bemerkt, geht ein Ruck durch die Versammelten. Man dreht sich rasselnd um und starrt mich an. Immer noch stehe ich im Türrahmen, die Klinke in der Hand, und weiß vor Verwirrung nicht, ob vorwärts oder rückwärts. Hinter mir kracht der Donner, Hagel kollert ins Innere der Hütte, also schließe ich tatterig die Tür. Das Panzervolk hält sich immer noch mir zugewandt, im Gegenlicht ist es unmöglich, Gesichter zu erkennen. Schließlich wendet man sich wieder ab, keiner sagt ein Wort. Einer legt einen Teil seines Panzers ab, es ist ein Rucksack, ein anderer stellt seine Lanze beiseite, es ist ein Wanderstab. Es waren lauter Wanderkollegen, mit denen ich es hier zu tun hatte, und ich konnte meiner Überraschung gar keinen Ausdruck verleihen, denn bislang war ich mit Ausnahme jenes einsamen Gesellen im Tannenwald niemandem begegnet, der es mir gleichgetan hätte, und mit einem Mal fand man sich hier in Halbdutzendstärke zusammen.

Man pflegte nach wie vor zu schweigen, niemand sagte etwas, man stand am Fenster und blickte himmelwärts. Gelegentlich raschelte Kleidung, es wurde gehustet oder mit den Stiefeln gescharrt, ansonsten war es still, man stand reglos und harrte dem Ende des wetterlichen Wutanfalls mit stoischer Ruhe. So legte ich den Rucksack ab und hockte mich auf den Boden, an die Wand gelehnt – Mobiliar gab es nicht –, hätte eigentlich gern meine Kleidung gewechselt, verhielt mich aber ebenso bewegungslos wie meine Mitwanderer, und fixierte durchs Fenster die vom Sturm gebeutelten Bäume, den nachlassenden

Hagel und wiedereinsetzenden Regen, der mächtige Schauer ans Fenster warf, während der Wind auf allen Löchern der Hütte wie mit einer Flöte eine grausig heulende Melodie intonierte. Es gab noch eine zweite Tür, ich versuchte sie der Neugier halber im Sitzen zu öffnen, aber sie war versperrt. Im Rucksack kramte ich nach einem Taschenspiegel, der mir sonst beim Rasieren im Freien Dienst leistete, und untersuchte im Halblicht mein vom Hagel getroffenes Auge, das zwar immer noch leicht schmerzte, aber offenbar keine äußerlichen Schäden aufwies. Irgendwann flaute das Unwetter ab, Regen und Hagel hatten ihre Munition verschossen und der Wind sich ausgetobt und müde gespielt. Ein Sonnenstrahl durchstach das tropfenglitzernde Fenster, der Himmel lockte plötzlich wieder mit seinem schönsten Blau, draußen war es mit einem Mal so friedlich, als wäre nur ein Theatergewitter niedergegangen. Um mich rum setzte sich alles abrupt in Bewegung, die Rucksäcke wurden geschultert, man drängte und schob sich laut polternd an mir vorbei, einer riss die Tür auf, der Trupp stürmte ins Freie und rumpelte über matschige Wege davon. Nachdem ich mich von der nassen Kleidung befreit hatte und in trockene Sachen geschlüpft war, machte ich mich ebenfalls wieder auf den Weg. Mein Ziel war eine in der Nähe liegende Kleinstadt, einer der wenigen Orte, die ich mir schon in der Planungsphase der Reise auf der Karte markiert hatte; dort hatte vor etwas mehr als einhundertfünfzig Jahren ein Dichter gewohnt, dessen literarisches Werk in allen greifbaren Ausgaben einen Großteil des vorhandenen Platzes meines Bücherschrankes beanspruchte, und ich wollte ausnahmsweise einer rein touristischen Neigung nachgehen und es mir nicht nehmen lassen, sein ehemaliges Wohnhaus, welches mittlerweile zu einem Museum umgestaltet war, aufzusuchen (zuhause hatte man gespottet, sollte mich Gadamer nicht vorlassen, hätte ich damit doch immerhin das Haus eines Dichters besucht). Nach eineinhalb Stunden des gleichmäßigen Dahintrottens erreichte ich die Stadt, kehrte zunächst, da es schon früher Nachmittag war und ich seit dem Frühstück nichts zu mir genommen hatte, in ein Gasthaus am Ortsrand ein und machte mich nach einer ausgiebigen Mahlzeit auf den Weg. Laut Stadtplan würde sich das Dichterhaus finden lassen, indem ich einfach der Hauptstraße knapp zwei Kilometer weit folgte und dann rechts abbog in die betreffende Straße – welche man kurioserweise nicht nach dem Dichter selbst, sondern nach einem seiner Kollegen aus einer früheren Periode, nämlich ausgerechnet nach dem, wie ich fand, langweiligsten aller Stürmer und Dränger benannt hatte. Unterwegs traf ich unerwartet auf ein Hindernis, oder eigentlich das genaue Gegenteil davon und dazu gedacht, ein Hindernis zu überwinden: Eine Brücke über den Fluss, der hier, kurz bevor er sich mit dem großen Strom vereinigte, sich als durchaus breites und schiffbares Gewässer durch sein kahlrandiges Betonbett zwängte. Beim Anblick all der Pfosten, Niete, Stahlseile und vor allem der schieren Höhe des Bauwerks bekam ich einen üblen Vorgeschmack von der Tiefe darunter, und in meinem Magen wühlte, wie immer in solchen Situationen, ein unverdauter Brocken Höhenangst. Schon wurde mein sonst so federnder Tritt wacklig und unsicher, und ich packte den Wanderstock fester – als ob dies irgendwie helfen würde. Es half nichts, ich musste hinüber, ich wollte mich auch nicht mehr anstellen, als nötig war, versuchte, die grundlose Furcht vor der Tiefe zu verdrängen, was mir, da die Brücke beim Näherkommen immer mehr an bedrohlicher

Höhe zu gewinnen schien, nicht leichtfiel. Als ich sie betrat, hielt ich mich so weit wie möglich fern vom Geländer, um mir den Blick nach unten in die grünen Fluten zu ersparen, und trippelte dafür mit stur geradeaus gerichtetem Tunnelblick am inneren Rand des Gehsteigs entlang, nur einen Schritt von der Straße, wo der Verkehr vorbeitoste, unter den befremdeten Gesichtern von Auto- und Fahrradfahrern. Wandte ich doch einmal nur kurz den Kopf zur Seite, entglitt mir sofort die körperliche Koordination und ich geriet ins Wanken wie ein Betrunkener. Mit erhöhter Konzentration behielt ich das Ende der Brücke im Auge, ebenso die dort fest gebaute Straße, die fest gebauten Häuser, die Menschen, die sich dort auf fest gebautem Untergrund bewegten, und meine Sicherheit kehrte erst zurück, als ich dort ankam und umso festeren Schrittes, aufatmend und ohne Blick zurück auf mein Ziel zueilte, das Wohnhaus des Dichters.

Fast hätte ich es übersehen, denn der Bau, ganz im Stil der damaligen, längst versunkenen Zeit, war nur eine Tür und ein Fenster schmal und suchte sich mühsam gegen die von links und rechts drückenden Mauern der Nachbarhäuser zu behaupten. Da es hellichter Nachmittag unter der Woche bei bestem Wetter war – keine Spur aktuell von hinterhältigen Gewittern –, fand ich mich im Haus als alleiniger Gast und entrichtete im ersten Stock bei einer älteren, dick hornbebrillten Dame meinen Eintrittsobolus in die Geldkassette, über welche sie gestreng wachte. Danach konnte ich ungestört wie ein Kind, dem auf wundersame Weise die Eltern entschwunden waren, das ganze Haus für mich beanspruchen, steppte über knarzende Treppenstufen hinauf in den zweiten Stock, um mich mit der Kamera im Dauerklick wieder bis ganz hinunter zu arbeiten. In der Dachstube setzte ich versehentlich eine ominöse Musikkiste in Bewegung, welche mit mehr Tiefbässen und Schallkraft, als ich dem altmodischen Ding zugetraut hätte, ein klassisches Stück des Dichters, der sich auch als Komponist verdingt hatte, abspielte, bewunderte dort ein papierenes Miniaturtheater mit aquarellierten Kulissen und karikierend gezeichneten Pappfiguren, welche eine Szene einer seiner Opern darstellten, stand dann im ersten Stock ergriffen vor seinem Tafelklavier, seinem Schreibtisch, seinem Ofen und seinem Bett, wanderte anschließend im Erdgeschoß durch eine Art Spiegelkabinett, das als düster funkelnder Irrgarten in einem abgedunkelten Raum perfekt die unbehagliche Stimmung mancher seiner schauerromantischen Erzählungen reflektierte, und unternahm abschließend eine kleine Expedition in das Zaubergärtchen im Hinterhof. Da ich in letzter Zeit ziemlich viel Grün gesehen hatte, beeindruckte mich diese recht künstliche und überpflegte Anlage nicht sonderlich, ich schlich aber dennoch mit der einsatzbereiten Kamera um die Bäume, um vielleicht doch endlich eine an Menschen gewöhnte Elster oder zumindest einen Schmetterling vors Objektiv zu bekommen. Aber in diesem Garten regte sich überhaupt nichts, kein Vogel und kein Insekt, was zu seiner artifiziellen Anmutung durchaus passte. Doch was war das? Ein leises Plätschern drang an mein Ohr, und ich erstarrte zuerst wie ein Vorstehhund, sondierte dann die Richtung, ging einige Schritte, drückte eine Handvoll Zweige beiseite, so dass der Blick auf einen kreisrund angelegten Teich frei wurde, in dem sich mittlings eine steinerne Putte erleichterte. Aber es gab noch mehr zu sehen, zwei Personen im Gras am Teichufer, eine junge Frau und ein Mann, sie sitzend mit einem Grashalm im Mund, er halb liegend auf die Ellbogen gestützt sie verstohlen anhimmelnd. Was sie redeten, verstand ich nicht, es ging mich auch nichts an, daher zog ich es vor, diskret den Rückzug einzuleiten. Mein Wunsch und Begehr war noch, nicht ohne ein Abbild des Dichters seinen Wohnort wieder zu verlassen, und ich erinnerte mich, vorhin im Erdgeschoß am Treppenaufgang an einer Porträtzeichnung vorbeigekommen zu sein, und diese galt es noch mit der Kamera festzuhalten. Zurück im Haus, stieg ich die vier, fünf Stufen hoch, wo das betreffende Abbild hinter Glas und in einem schlichten Holzrahmen in einer ziemlich finsteren Ecke hing, jedoch von einem gegenüber angebrachten Scheinwerfer effektvoll in Szene gesetzt. Das Bild selbst, ein Schwarzweißdruck ungefähr in Lebensgröße, stellte das Konterfei des Dichters mit listig-lustig blitzenden Augen und gackernd-gickerndem Grinsen dar, das schwarz-borstig wilde Haar im Stil der Zeit nach vorn getrimmt und auf den Wangen bürstenartig zu einem widerspenstigen Backenbart auswuchernd. Redlich bemühte ich mich um eine gute Schussposition, versuchte, den bestmöglichen Winkel für ein Foto auszuloten, kämpfte aber mit lästigen Reflexionen des Scheinwerfers, die in dem Glas irrlichterten. Mehrmals setzte ich die Kamera an und wieder ab, nach einer Lösung grübelnd, dem giftigen Gefeixe des hinterglasten Kollegen ausgesetzt. Wie ich so sinnend stand und unsere Häupter sich auf gleicher Höhe begegneten, Nase an Nase, Aug in Aug, ich ratlos, er in stillem Spott, schienen unsere Konturen erst zu verschwimmen und dann zu verschmelzen, wurden unsere Gesichtszüge allmählich eins: Meine Augen blinzelten in seinen, sein Backenbart wucherte hin zu meinen Mundwinkeln, mein Haar begann auf seinem Kopf zu sprießen, sein Halstuch schlang sich unter mein Kinn, ich grinste sein Grinsen, er grübelte mein Grübeln, ich wurde er, er dachte mich. Dimensionen purzelten und Distanzen zerstoben, er stieg aus dem kristallen funkelnden Glas heraus und ich wurde hineingesogen, bis ich mir schließlich selbst aus dem Rahmen entgegensah und er sich in mir verflüchtigt hatte, dies alles zu den losorgelnden Klängen eines schaurigen Tanzes aus der Musikkiste in der Dachkammer, welche von den Wänden mit kaltem Echo zurückgeworfen wurden…

Ich hebelte das Bild aus der Halterung, stellte es im natürlichen Lichteinfall eines kleinen Fensters an die Wand gelehnt auf den Boden, knipste, wie so oft, stehend, kniend und liegend, und hängte den verehrten Kollegen dann wieder zurück an seinen Ehrenplatz, wo er ungebrochen weitergrinste und sich auf den Nächsten freute, der versuchen würde, ihn mit moderner Technik aus dem Kristall zu locken.

Es war Zeit, weiterzugehen. Mir lag nichts an der Übernachtung in einem bequemen Hotel, ich wollte unbedingt über Nacht wieder einmal im Freien bleiben, verließ die Stadt, schlug die altbekannte Richtung Norden ein, blieb auf Kurs, bis die Sonne sich auf den Horizont senkte, suchte mir am Rande eines Baggersees ein stilles Fleckchen, wo es aber nicht wirklich still war, weil sich dort unsichtbares Grillenvolk laut zirpend unterhielt. Mein kleines Lager war schnell aufgebaut. Auf einem Baumstumpf hockend, sah ich im letzten Licht auf den See hinaus, auf dessen goldener Haut die Seerosen glommen, danach löste sich die Welt in Dunkelheit auf. Mir war noch nach etwas Kultur, und beim taschenbelampten Lesen im Schlafsack stellte ich fest: Auch Mücken interessieren sich in Schwärmen für Gadamer.

VI

Es war mitten im flachen Land, wo der Horizont von kleinen Gehölzen und die Felder durch niedrige Hecken abgegrenzt waren, dass ich an der Kreuzung zweier schmaler Straßen – kaum breiter als Feldwege – auf diese Kirche traf, einen schlichten, schmucklosen Bau, sanft beschattet von den nickenden Kronen zweier Bäume. Gleichgültig und desinteressiert, und, trotz der gefälligen Einfachheit des Gebäudes, wie immer missbilligend und verständnislos gegenüber der in Ewigkeit gemauerten Sinnlosigkeit sakraler Bauwerke, wollte ich schnellen Schrittes und nordwärts wie gewohnt daran vorbeiziehen, jedoch nach einem zweiten Blick verlangsamte ich mein Marschtempo. Eine Beerdigung war dort soeben zu Ende gegangen, ein schwarzer Menschenhaufen löste sich auf, man begann im Moment, den Kirchhof zu verlassen. Gerade in diesem spärlich besiedelten Landstrich erstaunte mich die Vielzahl der Trauergäste, es dürften weit über einhundert gewesen sein, welche als dunkler Zug dem Friedhofstor entströmten, sich in Gruppen aufteilten und gedämpft miteinander sprachen, während andere sich in Richtung eines hinter einer Baumreihe verborgenen Parkplatzes aufmachten. Der Friedhof war klein, nur zwei, drei Dutzend Gräber lagen still, und es gab keine Grabsteine, nur Kreuze, kleine, schwarze Kreuze mit Goldornamenten, eins wie's andere. Schon wollte ich die Kamera aus dem Etui pfriemeln, um diese, wie mir schien, eigentümliche Sitte abzulichten, hielt es aber dann für richtig, mich zunächst etwas abseits auf eine Bank zu setzen und zu warten, bis sich die Trauergesellschaft vollständig zurückgezogen hatte. Zu meinem Erstaunen taten andere nicht so: Ein halbdutzendstarkes Grüppchen fotografierenden Volkes baute sich in recht kurzem Respektsabstand auf und begann in die Trauergäste hineinzuknipsen. Während ich, den Rucksack neben mir ins Gras und die Kamera auf der Bank ablegend, das Treiben beobachtete, löste sich aus der Menge der Trauernden eine Gestalt, welche zunächst ein paar Schritte zur Seite tat, mit einem kurzen prüfenden Blick die Richtung sondierte und sich schließlich auf mich zubewegte. Auf dem Kopf dieses Mannes saß ein Hut, der seinem ohnehin hochgewachsenem Träger noch mehr an Höhe verlieh, in der Rechten wurde ein Spazierstock schwungvoll geführt, ein schwarzer, für die Jahreszeit zu warmer Mantel flatterte in einem Wind, den ich gar nicht spürte, und alles in allem verstrahlte der Anblick des Unbekannten als einsam schwarz aufragende schlanke Säule in der bunten Landschaft eine Aura kaum zu beschreibender Eigentümlichkeit. Schweren Schritts, aber gleichmäßig zielstrebig kam er auf mich zu, so dass ich mich zu wundern begann, was er denn von mir wollen könne, realisierte aber dann, dass offenbar nicht ich, sondern die Bank sein eigentliches Ziel war, und er lediglich dem Verlangen nachgab, es sich nach dem langen Stehen während der Beerdigung auf einer Sitzgelegenheit bequem zu machen. Wie er so auf mich zuhielt, konnte ich gar nicht anders als ihn zu taxieren, da ich sonst verkrampft zur Seite hätte sehen müssen, was nicht nur zwanghaft und unnatürlich, sondern auch unhöflich gewirkt hätte, und so blickte ich mit entspanntem Gesichtsausdruck ruhig geradeaus, studierte in den wenigen verlaufenden Sekunden, bis er sich schließlich freundlich nickend setzte, seine hagere, leicht vornübergebeugte Gestalt, das etwa siebzigjährige Gesicht mit scharfen Denkerfurchen, eisgrauem Oberlippenbart und hinter einer im Licht der Sonne leise Funken werfenden Goldrandbrille bläulich umschatteten Augen, deren Schnitt und dunkler Glanz südländische Abkunft andeuteten. Der Hut wurde auf der Bank abgelegt, so war der Blick frei auf dünnes, altmodisch streng nach hinten gekämmtes Haar, in dessen Pomadeglanz sich der Himmel spiegelte. Eine durchaus sympathische, natürliche Würde und altherrenartige Vornehmheit gingen von diesem Mann aus, gleichzeitig repräsentierte er in Habitus und Manierismen, aber auch durch die altmodischen Attribute Hut und Stock den erlöschenden Glanz eines vergehenden Zeitalters. Sein erster Blick, nachdem er es sich bequem gemacht hatte, galt meiner Kamera.

"Ja", sagte er, "sie war Schauspielerin, da ist die Presse natürlich zur Stelle."

Ich sei nicht von der Presse, wehrte ich ab.

"Ach, Sie gehören gar nicht zu denen? Das erklärt alles. Ich hatte mich schon gewundert, dass Sie sich nicht ins Gewühl begeben zu Ihren vermeintlichen Kollegen."

Er lehnte den Stock an die Bank, strich seinen Mantel glatt, faltete die Hände im Schoß, besah versonnen Land und Trauergemeinde, schwieg. Schließlich wühlte er in den Manteltaschen, zündete sich eine Zigarette an und paffte kleine Rauchzeichen himmelwärts. Dann studierte er mit einer hochgezogenen Augenbraue, verschmitztem Blick und ohne falsche Schüchternheit, was, wie ich fand, einem Mann in seinem Alter durchaus zustand und ich ihm gern zubilligte, meinen Aufzug.

"Ja, man sieht, dass Sie kein Fotograf sind, der nur ein paar billige Sensationsfotos einer Prominentenbeerdigung schießen will", konstatierte er nach abgeschlossener Schlussfolgerung mit fröhlich-listiger Bestimmtheit im Ton. "Sie sind ein

Wanderer, und ich finde es schön, dass es so etwas noch gibt, und darüber hinaus finde ich es traurig, dass Sie da in einer Minderheit sind. Mir scheint, es gibt niemanden mehr, der sich die Zeit nehmen will, dies Land, und sei es nur für kurze Strecken, per pedes zu erleben. Es ist andererseits kein Wunder: die Landschaften, aus denen unser Land nun mal besteht, sind im Lauf der Zeit nicht unbedingt schöner geworden. Einen Großteil davon hat man einer Rosskur mit dem Lineal unterworfen, um ihn für die Landwirtschaft maschinengerecht zu machen, den traurigen Rest davon opfert man dem Verkehr."

Er zog an der Zigarette, stippte die Asche auf die Erde und beobachtete, wie der blaue Dunst aufwärts stieg.

"Wenn Sie Wanderer sind", fuhr er fort, "dann sind Sie folglich nicht aus dieser Gegend, und wissen gar nicht, wen wir heute hier beerdigt haben."

Wahrheitsgemäß antwortete ich, dass ich es nicht wüsste, und er nannte mir einen Namen, der mir nichts sagte.

"Sie sehen wohl nicht oft fern? Das kann ich gut verstehen, und da tun Sie ganz recht. Wer durchs Land wandert, sieht genug, der braucht kein Fernsehen. Wir sehen fern, sind aber blind für unsere Umwelt geworden. Unsere Kinder wissen durchs Fernsehen genau, wie es im afrikanischen Dschungel aussieht, können aber den Baum vor dem Haus nicht beim Namen nennen. Der sogenannte Bildungsauftrag des Fernsehens treibt doch manchmal bizarre Blüten." Er machte eine kurze Pause und sagte dann: "Ich war mit ihren Eltern gut bekannt. Das hier ist ein kleiner Ort, jeder kennt jeden, Sie verstehen. Ihr Vater ist von hier, die Mutter kam aus dem Fernen Osten. Sie hatten sich in der Kreisstadt kennengelernt, als er dort dienstlich zu tun hatte, und haben hier die Tochter großgezogen. Sie ist natürlich später auch in die Stadt gegangen, als erste Rollen und Erfolge kamen. Und jetzt ist sie wieder hier. Früher, als wir alle gedacht haben. Ein kurzes, schnell verglühtes Leben. Und, wie es so oft ist bei Autounfällen, war es natürlich nicht ihre Schuld, sie war ja nur Beifahrerin. Schuld ist der Mann, der am Steuer saß, ihr Schauspielerkollege, der sie an jenem Regentag morgens mit dem Sportwagen abholte, mit geschätzten einhundertzwanzig Kilometern pro Stunde von der nassen Straße abkam und nicht mehr verhindern konnte, dass der Wagen sich um einen Baum wickelte. Er kroch nahezu unverletzt aus den Trümmern, sie hatte jedoch keine Chance, das Auto fing Feuer. Er konnte nichts weiter tun, außer zuzusehen, wie die Flammen das Wrack fraßen, und er sagte später, das Todesgeschrei der Gepeinigten wurde wimmernder und schwächer, irgendwann war es verstummt." Er hielt inne und drehte nachdenklich die Zigarette zwischen den Fingern. "Wussten Sie, dass heutzutage der Straßenverkehr nach Krankheiten und Selbstmorden die häufigste Todesursache ist? Fünfzehntausend Menschen beenden ihr Leben jedes Jahr in diesem Land zwischen zermalmtem Blech und gesplittertem Glas. Nächstes Jahr werden es vielleicht achtzehn- oder zwanzigtausend sein. Gott Verkehr ist ohne Erbarmen und fordert seine Opfer, und wir geben sie ihm nur zu bereitwillig. Wenn Sie bald durch den Ort kommen, werden Sie sehen, was der ansässige Gemeinderat unlängst veranlasst hat: Er hat die Hauptstraße zu einer Raserpiste verbreitern lassen, so dass an vielen Plätzen die Straßenüberquerung für Fußgänger nur noch unter Lebensgefahr möglich ist. Die Sicherheit der Anwohner interessiert scheinbar nicht, wichtig ist nur, den Durchgangsverkehr am Fließen zu halten. Und es gibt dort nicht mal mehr Bürgersteige, können Sie sich das vorstellen? Dafür war kein Platz mehr. Kein Platz für den nichtmotorisierten Bürger, kein Platz für den Wanderer, diesem Relikt aus untergegangenen Zeiten, als zu Fuß gehen noch selbstverständlich war und nicht als Mangel galt, so wie heute. Fast möchte ich in die typische Rhetorik meiner Altersgenossen verfallen und sagen, dass früher alles besser war. Finden Sie auch, dass früher alles besser war?"

"Ehrlich gesagt, nein. Ich glaube, dass sich das Schlechte mit genügend zeitlicher Distanz abschwächt und wir anfangen, uns nur noch an das Gute erinnern zu wollen. In zehn Jahren werden Sie sagen, dass vor zehn Jahren alles besser war, ungeachtet der vielen Toten im Verkehr. Wir idealisieren die Vergangenheit aus Furcht vor der Zukunft und aus der Unfähigkeit, uns auf die Gegenwart einzulassen. Aber genau das ist der Fehler, denn letztlich bleibt doch nur der Genuss des Moments als ultimativer Trost."

"Der Genuss des Moments – eine Kunst, die einem in unserer Kultur nirgendwo vermittelt wird."

"Leider. Man muss es sich selbst beibringen."

"Hatten Sie schon Erfolg damit? Ich meine, sich diese Kunst selbst zu lehren?"

"Ich arbeite dran."

"Und finden Sie, dass es leicht ist?"

"Um ehrlich zu sein: Nein, ich finde, das ist eine der schwierigsten Übungen überhaupt."

"Sehen Sie. Dabei gibt es aber gerade für Sie zahllose Gelegenheiten, sich am Hier und Jetzt zu erfreuen. Sie kreuzen Flure, Wiesen und Gehölze, Sie atmen die berauschende Landluft, Sie sehen die schönsten Sonnenuntergänge, und, wenn Sie nicht zu lange in Ihrem Schlafsack verweilen, auch die Aufgänge. Sie wandeln über abgelegene Waldpfade, Blumen und Pflanzen beugen sich Ihnen entgegen, um Sie mit Düften und Farben zu verführen, in Seen und Bächen spiegelt sich der Himmel nur für Sie, und in all diesen Eindrücken befinden sich tausend Lockungen, den Moment zu genießen und die Zeit Zeit sein zu lassen, die aber ohnehin verschwindet und gar nie dagewesen zu sein scheint, wenn Sie im Jetzt, im Augenblick aufgehen. Und vermutlich treffen Sie dann und wann auch interessante Menschen, die Ihnen nie begegnet wären, säßen Sie daheim in Ihrem Kämmerlein, hörten auf das Ticken der Uhr und bauten Traumschlösser für ein nie kommendes Übermorgen."

"Richtig. Ich habe Sie zum Beispiel getroffen."

Er lachte, und die Schatten um seine Augen lichteten sich, scharfe Lachfältchen zogen sich in den Augenwinkeln zusammen, und die Furchen an der Nasenwurzel glätteten sich. Aber das Leuchten auf seinem Gesicht verlosch schnell. Hektisch zog er an der fast abgebrannten Zigarette, und besann sich noch einmal auf den Anlass seines Hierseins.

"Zurück bleibt nun ein kleines, schockiertes Kind," sagte er, "das seinen Weg in dem erst sechs- oder siebenjährigen Leben künftig ohne mütterliche Stütze gehen muss. Was könnte man sich Schrecklicheres vorstellen: Der Mutter beraubt, zur Hälfte für immer allein bleibend, für den Rest des Daseins dem Verlust der wichtigsten Bezugsperson preisgegeben. Wie furchtbar ist das doch."

"Gibt es keinen Vater?"

"Doch, Gott sei Dank für das Kind, es gibt einen Vater. Er ist auch Künstler, und zieht, wenn ich mich recht entsinne, mit einer Zirkusnummer oder Ähnlichem durchs Land. Seine Frau hat ihn dabei oft begleitet, und hätte sie nicht zwischendrin fortgemusst zu Filmaufnahmen, sie würde noch leben, und ich würde jetzt nicht hier sein. Sie würden auch nicht hier sitzen, weil es dann keine Beerdigung gegeben hätte, und wir wären uns nie begegnet. Das Leben schlägt doch manchmal eigenwillige Kurven."

Jemand rief, er wandte den Kopf und winkte. "Meine Frau", sagte er, tat den letzten Zug an der Zigarette, warf die Kippe in den Kies und trat sie aus. Er setzte den Hut auf, nahm seinen Stock, erhob sich und rief: "Ich komme, Katia." Sich noch einmal zu mir wendend und eine Verbeugung andeutend, sagte er: "Auf Wiedersehen", und machte sich auf, leicht vornübergebeugt und mit schweren Schritten, so wie er gekommen war, und ich sah noch, wie sein Mantel wie vorhin von einer leisen Windbö erfasst wurde. Unvermittelt wandte er sich noch einmal halb um, rief "Bleiben Sie auf dem Weg!", stapfte von dannen, gesellte sich zu einer Gruppe Trauergäste und ging in ihr auf. Die Trauergemeinde hatte sich unterdessen fast vollständig zerstreut. Vom Parkplatz rollte, durch die Bäume hindurchglitzernd wie eine Kette aus bunten Schmucksteinen, ein langsamer Konvoi an Autos davon. Neben einem der geparkten Autos standen noch einige Leute, und ein Kind spielte dort.

VII

Irgendwann an einem dieser Tage, an denen mein lang und länger werdender Schatten auf Blumenwiesen flackerte, zwischen Alleebäumen Versteck spielte, vor mir mit flatternden Haaren auf dem Asphalt tanzte, kam ich an einen

Ort, der laut Reiseführer die Besonderheit aufwies, dass er von seinen Gründern einst kreisrund angelegt worden war, die Stadtmauer als steinerner Ring drumherum gezogen. Auf den Fotos wirkte die kleine Stadt zwischen Äckern, Wiesen und bewaldeten Streifen wie eine Insel in einem Meer aus Landschaft, und es bestand kein Zweifel, hier konnte ich nicht einfach vorbeigehen, nicht nur weil der Reiseführer von einem der schönsten Orte der ganzen Region jubelte, als spezielle Attraktion lauere darüber hinaus vor den Toren der Stadt noch ein, natürlich 'tückisches', Moor, und auch das wollte ich mir nicht entgehen lassen. Das Stadttor, durch welches ich eben schritt, war zwar für den erhöhten Platzbedarf des modernen Verkehrs meuchlings aufgeschlitzt worden, aber alles in allem stimmten mich Anblick und Atmosphäre des Städtchens durchaus heiter, es gefiel mit alten Häusern und krummen Straßen, während sich die auch hier vorhandenen Bausünden in Form von öden Wohnsiedlungen und Gewerbegebieten vor der Stadtmauer angesiedelt hatten. Auf mich warteten lauter angenehme Dinge: ein ausgiebiges Mahl in einer Gaststube, das Sichten und Sortieren meiner Notizen, eine Nacht in einem weichen Bett – das Wandererleben bot doch allerlei Annehmlichkeiten, vor allem in seinen Pausen. Allerdings hatte ich Probleme, eine Unterkunft zu finden. Die ersten beiden kleineren Hotels waren belegt, ebenso ein Gasthof, bis ich am Stadtrand in Sichtweite der Stadtmauer in einem charmanten Mittelklassehotel unterkam, einem alten, zartrosa Bau mit rotem Geblüh unter den Fensterkreuzen. Die junge Dame an der Rezeption beäugte mich skeptisch, wie ich es schon so oft erlebt hatte, eben weil ich nicht wie ein typischer Hotelgast aussah – daran hatte ich mich im Lauf der Reise gewöhnt, und um nicht noch exotischer anzumuten, hatte ich meinen Wanderstab kurz vorher schon buchstäblich ins Korn geworfen –, jedoch hellte sich ihr Blick auf, als ich das Anmeldeformular ausfüllte, und sie fragte mich, ob ich wirklich der sei, dessen Namen ich gerade hingemalt hatte. Als ich bejahte, verschwand der letzte Zweifel von ihren Zügen, und freudig tat sie kund, dass sie derzeit eins von meinen Büchern lese und es ihr sehr gefalle. Sie sah mich dabei mit großen lachenden Augen an und konnte sich wahrscheinlich nicht erklären, wieso der Schreiber, über den sie vermutlich einmal in irgendeinem fernen Kulturteil einer Sonntagszeitung gelesen hatte, dass er zuhause in einer kleinen Stadt als stiller Denker meist bei einer Tasse Tee am Fenster sitzend arbeite, jetzt in Aufzug und Aroma eines Edellandstreichers vor ihr stand. Mir selbst tat diese Enttarnung richtig wohl, sie gab mir Selbstvertrauen, ließ mich spüren, dass der Mann, der bald an die Tür des großen Gadamer klopfen wollte, kein Niemand war, den man einfach abweisen konnte, sondern der durchaus bekannt war und dessen Bücher sehr wohl gelesen wurden, auch von freundlichen jungen Rezeptionsmitarbeiterinnen kleinstädtischer Hotels. Ein wohnliches Zimmer nahm mich auf, wo ich mich der Wandererkluft entledigte, ver-schwenderischen Gebrauch von Duschwasser machte, und nach dem Essen ins Bett fiel, um erst wieder gegen neun am anderen Morgen aufzuwachen. Keine Pläne waren für diesen Tag vorgesehen, ich wollte einfach Urlaub vom Wandern machen und nur Tourist sein: Umherschlendern, Fotos machen, Eis essen. Der Reiseführer empfiehlt eine Tour um die Stadt auf der Stadtmauer, man könne so den kompletten Ort nahezu in vollem Umfang umkreisen, und von den alten Wachtürmen hätte man einen wunderbaren Ausblick auf Stadt und Umland. Warum nicht. So trete ich hinaus, bleibe stehen, schaue mich um. Um mich dreht sich alles, alles dreht sich um mich: Menschen, Autos, Fahrräder, Busse, in allen Richtungen über die Straßen hetzend, jeder Fahrer, Fahrgast, Fußgänger weiß, wohin er will oder muss, dem tickenden Perpetuum des Sklaventreibers Zeit, der den Alltag von Weckerläuten bis Weckerläuten diktiert, immer nur einen Schritt voraus oder zwei hinterher, hastend, eilend, quirlend, brausend, rastlos ohne Unterlass, nicht immer rhythmisch, aber immer im Takt, immer unter Strom, immer in Bewegung, immer geschäftig und beschäftigt, jeder an seinem Platz und funktionierend, nur einer nicht: ich. Mit aller Zeit und Freiheit der Welt, ohne Zwang, ohne Ziel, weil es nicht wichtig ist, gedankenlos, befreit, leicht. Und sie fahren an mir vorbei in ihren Autos, schauen mich flüchtig an, weil ich mich nicht bewege, schauen mich nochmal flüchtig an, weil ich mich immer noch nicht bewege. Was ist denn das für einer? Steht einfach da und schaut. Hat der keine Arbeit? Die Welt kreist um mich, mich, den Weltmittelpunkt, ich bin losgelöst, ich spüre keinen Zwang, nichts hat sich je besser angefühlt. Der Mensch ist nicht frei, niemand ist frei, kein Naturvolk und kein Millionär. Besitz macht nicht frei, Unbesitz auch nicht. Aber in diesem Moment, an diesem Tag auf dieser Straße in diesem kreisrunden Ort im Frühsommer jenes Jahres, war ich frei. Es gibt sie, Augenblicke wie diese, welche Freiheit oder wahrscheinlich nur den Eindruck von dem vermitteln, was Freiheit sein könnte, aber man muss sie erkennen und spüren, schon das Festhalten ist ein Unding, das Wiederholen Illusion. Früh genug schnüren die Zwänge einen wieder ins Korsett, so auch mich: Mein Touristenprogramm, die Stadtmauer, Weitergehen, Gadamer...

Über eine sich schwindelig wendelnde Treppe aus bröckeligen Stufen zwischen kaltem Gemäuer erklomm ich einen der Wachtürme der Stadtmauer und war oben erstaunt, wie hoch hinaus ich gekommen war. Das Rund des Städtchens wirkte von dort wie ein Kuchen, in zwei Hälften geschnitten von der lotgeraden Hauptstraße, wo der Blechwurm kroch und kleine bunte Menschlein ameisend durcheinanderquollen. Ganz anders der Blick in die entgegengesetzte Richtung übers Land: Hingetupfte Wäldchen zwischen Wiesen und sanften Erhebungen, hier landstraßenungetrübt, weil die Verkehrsader außerhalb meiner Sichtweite auf der anderen Seite des Ortes pulsierte. Vor der Stadtmauer, eingegrünt im natürlichen Bett, wand sich der Fluss als glattes, himmelsspiegelndes Band in der Vormittagssonne, ganz Reiseführeridyll. Später, da ich auf die Hauptstraße mit dem ewigen Verkehr und ihren aufdringlichen Allerweltsläden wenig Lust hatte, verkroch ich mich mit der Kamera auf Motivsuche zwischen vergessenen Winkeln in engen Gassen und schiefen Häuschen, dicht in der Nähe des Trubels, und doch weit genug weg davon. Am Abend breitete ich nochmals die Karte aus und markierte für den nächsten Morgen mit einem Stift den Weg zum 'tückischen' Moor.

*

Still war es.

Nicht, dass ich schon oft Moore besucht hätte, dies war überhaupt erst das zweite Mal in meinem Leben, das erste Mal lag lange zurück und war noch zu Schulzeiten gewesen, aber der Eindruck, den ich davon behalten hatte, war dem jetzigen sehr ähnlich. Dieses Terrain wirkte auf mich, als wäre an ihm mehr Zeit vorbeigegangen als an anderen Landschaften, als hätte es etwas hinter sich, was andere Landstriche noch vor sich haben, als wäre es von der Menschheit – oder sonstwem – ver- und sich selbst überlassen worden, ohne die Erwartung, dass dort jemals wieder eine Straße oder ein Haus gebaut oder ein Zuviel an Mensch darüber hinweggehen würde; von der lautlos schwebenden vermeintlichen Fährnis, die aus ihm aufzusteigen schien und welche ihm die Ahnung des Unsichtbaren, Hinabziehenden, Bodenlosen verlieh, gar nicht zu reden. Jedoch, ungeachtet all dessen und oberflächlich betrachtet, wirkte das Gebiet zunächst nur öde und leer, gab sich bei genauem Hinsehen jedoch detailliert und facettenreich, präsentierte bescheiden naturbelassenes, landschaftliches Sein und Dasein: Im Schein der Sonne mal wasserschimmernd, mal matt heidekrautig, gesprenkelt von wie Zucker funkelnden Blütentupfern zwischen stachligem Zweigverhau, mit nur wenigen dürren, oft blattlosen Baumeinzelgängern oder versprengten, verwegenen Rotten zerzauster, krummer Stämme; in Summe karges, aber unzensiertes, unvergewaltigtes, ungeregeltes Wachsen bis zum Horizont. Noch hatte ich mich nicht allzu weit hineingewagt, bewegte mich auf einem schmalen, kaum ausgetretenen Pfad am Rand dieses struppigen Geländes, noch etwas unsicher, wie weit hinein man überhaupt kommen könne, bald feststellend, dass auch hier menschlicher Wegbereitungsdrang nicht einfach tatenlos vorübergegangen war, denn schon lud ein Bohlenpfad zur bequemen Moorquerung, versprach saubere und trockene Schuhe, und raubte einem jegliche verheißungsvolle Illusion, mooriger

Unberechenbarkeit ausgeliefert zu sein und endlich das Weltende erreicht zu haben. Wieder wurde aus Wandern Schlendern und aus Erleben Konsumieren. Eine Bohle wie die andere, aus grauem, verwetterten Holz, wie ein Weg durch ein Neubaugebiet, schon wieder ein Übermaß an Symmetrie und Synchron in dieser sich so dagegen wehrenden Landschaft, schon wieder vermehrt das Touristengefühl, das Zoogefühl, die Suche nach dem Kassenhäuschen. Prompt fand ich es, das Kassenhäuschen, konnte es gar nicht glauben, stand einen Moment irritiert, bis ich realisierte, dass es sich lediglich um einen kleinen Aussichtsturm handelte. Nicht länger zögernd, erklomm ich das aus dunklen Balken gezimmerte Konstrukt über eine altersschwach stöhnende Leiter und hangelte mich auf die Aussichtsplattform. Nachdem ich oben den Rucksack abgelegt hatte, justierte ich die Kamera und knipste hinaus ins Land, versuchte, zwischen Waldrändern und Buschwerk Leben auszumachen, aber außer ein paar nervös schwirrenden Insekten regte sich nichts vor dem Objektiv, und selbst der sonst so omnipräsente Begleitchor der Vögel fehlte. Landschaft, Stille und Hitze gerannen, von den flirrenden Strahlen der Mittagssonne ins Un- und Überwirkliche gegossen, zu einer beklemmenden Einheit. Die Kamera klickte in alle Richtungen, ich zweifelte allerdings, ob man auf den Fotos die Stimmung und atmosphärische Tiefe auch nur ahnen würde können, aber ich ließ nicht ab, lichtete ab, was gerade da oder auch nicht da war, vielleicht war es auch da und ich sah es nur nicht, was immer es auch war. Augenblicke später glitten auf einer Windbö Flötentöne an mein Ohr, und ich setzte die Kamera ab und blickte rundum. Niemand war zu sehen, nur die kleine Melodie wurde lauter und größer und kam näher. Am Teleobjektiv fummelnd, lugte ich durch den

Sucher, drehte mich langsam um mich selbst, blieb an dem Mann hängen, der noch in einiger Entfernung auf dem sich schlängelnden Bohlenpfad Richtung Aussichtsturm unterwegs war, offensichtlich in örtlicher Tracht, langsamen Schrittes, ohne Eile, die Daumen eingehakt an den Riemen eines Rucksäckels und gutgelaunt eine Tonfolge pfeifend, die mir vertraut erschien, deren Name mir aber nicht in den Sinn kommen wollte. Da er mir das beste Motiv hier draußen schien, machte ich auch von ihm ein paar Aufnahmen, dem schwarzgekleideten Wanderer im Moor. Gern wollte ich die Plattform dann für den Neuankömmling räumen, packte zusammen, warf den Rucksack auf die Schulter, schwang mich auf die Leiter, kletterte behäbig nach unten. Zwei Meter vom Boden entfernt fand mein Abstieg ein jähes Ende. Ein lautes Zischen aus unmittelbarer Nähe ließ mich derart erschrecken, dass ich abrupt stoppte und mich das Gewicht des nur halb übergeworfenen Rucksackes fast von der Leiter gerissen hätte. Mit Händen und Füßen rudernd, klammerte ich mich an den Sprossen fest, brach mir irgendwo einen Fingernagel ab und verdrehte mir in der Bewegung schmerzhaft das Fußgelenk. Immer noch hektisch herumfuchtelnd gelang es mir schließlich, den herunterbaumelnden Rucksack einzufangen, auf die zweite Schulter zu ziehen und mit zitternden Knien eine einigermaßen stabile Lage zu finden. Dann sah ich nach unten. Am Fußende der Leiter hatte sich im Sand zwischen schütteren Grashalmen eine Schlange zusammengerollt, mit hin- und hergaukelndem Kopf, darin rötliche Augen, aus deren schmalen Pupillenschlitzen leblose Drohblicke meinen Bewegungen folgten. Was es für eine Schlange war, wusste ich nicht, ich fand, sie sah aus wie eine Kreuzotter, jedoch fehlte das typische Muster: ihre Schuppen funkelten im steilen

Mittagslicht einfarbig schwarz wie frischer Teer. Zischend und züngelnd lauerte sie, angespannt und eingerollt wie eine sprungbereite Feder. Was sollte ich tun? Weiter nach unten klettern erschien mir zunächst nicht ratsam. Vielleicht hätte ich springen sollen, in einem Satz weg aus dem Aktionskreis des Reptils. Aber mit dem Gewicht des Rucksackes auf dem Rücken und dem immer noch pochenden Schmerz im Fuß war mir nicht nach Springen. Auch auf die Aussichtsplattform zurück wäre eine Möglichkeit gewesen – und dann den halben Tag warten, bis die Schlange sich zurückzog? Furchtbar blöd kam ich mir vor. Hilflos hing ich da, als selbsterklärter Wanderbursche mit dem Anspruch, immer so nah an der Natur wie möglich zu bleiben, um dann bei der ersten Gefahrensituation mit einem Tier nicht mehr weiterzuwissen. Die Schlange im Auge behaltend, bewegte ich mich langsam ein paar Sprossen nach unten. Das Tier ließ synchron mit meinen Bewegungen seinen Kopf hin- und herwippen, so als suchte es den optimalen Moment zum Zuschnappen. Innehaltend überlegte ich, trotz des schmerzenden Fußes doch zu springen. Vorher hätte ich den Rucksack abwerfen müssen, sein Gewicht hätte jeden Sprung und den anschließenden Aufprall unkontrollierbar gemacht. Voller konfuser Gedanken war ich mir auch gar nicht sicher, ob etwas Zerbrechliches darin war, beschloss dann doch zunächst den Rückzug nach oben. Langsamen Schrittes, um das Tier nicht zu unüberlegten Handlungen zu verleiten, zog ich mich hoch. Kaum war ich zwei Sprossen gestiegen, als das Pfeifen von vorhin wieder an mein Ohr drang: der Mann in der Tracht erfreute sich immer noch an der gleichen Melodie, und sie kam mit pochenden Schritten auf den Holzbohlen näher. Sehen konnte ich ihn nicht von meinem unwürdigen Stand- oder besser

Hängepunkt aus, so harrte ich erstmal, in der Hoffnung auf Hilfe. Schließlich kam er um den Turm herum, blieb stehen, das Pfeifen verstummte, er blickte erst zu mir hinauf, sah die Schlange, griff sich ohne große Hast einen im Gras liegenden Ast, und ging mit einer fast entspannten, gleichgültigen Bewegung auf das Tier los, welches eiligst floh. Er folgte ihm einige Schritte, stocherte noch etwas im Gras, und warf den Ast, als er sich sicher schien, dass keine Gefahr mehr drohte, ins Gebüsch.

"Eine Höllenotter", sagte er, während ich noch im Begriff war, mich mit wackligen Knien möglichst elegant von der Leiter zu winden, "die schwarzhaarige Zwillingsschwester der Kreuzotter. Sie ist eine Kreuzotter, sie will nur nicht, dass man sie als solche erkennt." Mit diesen Worten schwang er sich, kaum dass ich unten war, an mir vorbei auf die Leiter und kletterte behende hinauf zur Plattform, so dass ich ihm meinen Dank nur noch hinterherrufen konnte. Nicht ohne nervöse bodengerichtete Kontrollblicke hockte ich mich auf einen Stein, zog den Schuh aus und massierte das schmerzende Fußgelenk, verweilte aber nur einige Minuten und ging danach leicht humpelnd über den Bohlenpfad zurück, pausierte nochmals auf einem Baumstumpf und massierte weiter, bis der Schmerz abklang, und setzte alsbald den Weg nach Norden fort, in Richtung des nächsten Ortes. Die hinter einem Waldkamm bereits hörbare Straße mied ich natürlich, und hielt mich auf einem von Birken gesäumten Weg, in der Annahme, dass ich auch so direkt in den Ort käme. Stattdessen erreichte ich unerwartet erst einmal den Vorplatz eines Gasthauses, welches einen Teil eines weitläufigen Bauernhofs bildete. Pickend schreitende Hühner blickten kurz auf, fixierten mich starräugig, pickten und schritten dann gleichgültig weiter, und gleich nebendran ahnten die Bewohner eines Forellenteiches noch nichts von ihrem bevorstehenden Ende zwischen Salzkartoffeln und Petersilie. Das ansonsten unbeirrbare Restaurant- und Gasthofverzeichnis meines Reiseführers listete diesen Betrieb gar nicht auf, und auch auf der Karte war die übliche Markierung nicht vorhanden. Aber es war mir letztendlich gleich, und mein murrender Magen mahnte mich, dass ich diese Gelegenheit zu einer Pause samt warmer Mahlzeit nicht ungenutzt lassen sollte.

Duster war es in der Gaststube, meine Augen brauchten lange Minuten, um sich daran zu gewöhnen. Durch kleine Fenster in dicken Mauern drangen Sonnenstrahlen, auf denen Staubkörner tanzten. Die Gaststube war groß. Schlichte Holzstühle mit dicken roten Polstern standen an ebenso schlichten Tischen. Es schien niemand hier zu sein. Erst nach zweimaligem Hinsehen sah ich in einer Nische am anderen Ende des Saales einen einsamen Gast sitzen, konnte mich bei den spärlichen Lichtverhältnissen jedoch nicht festlegen, ob Mann oder Frau. Über knarrende Holzdielen steuerte ich auf einen Fensterplatz zu, legte den Rucksack auf einen Stuhl, nahm Platz, und räkelte und streckte mich auf dem weichen Polster mit im Nacken verschränkten Armen und ausgestreckten Beinen, bis die Glieder krachten. Vom Nebentisch angelte ich mir die Karte und harrte einer Bedienung. Ob man mich überhaupt wahrgenommen hatte? Man hatte. Aus dem Türrahmen der Küche glitt, sich die Schürze glattstreichend, eine junge Frau mit Block und Stift, kam federnden Ganges an den Tisch und grüßte freundlich, fast herzlich. Ich hatte eine Frage zu einem Gericht, sie beugte sich etwas über die Speisekarte, und für eine zaubernde Sekunde brach sich ein Sonnenstrahl in ihren Augen – sie waren verschiedenfarbig: Links Olivschimmer, stechend und katzenartig, rechts Haselnussglanz, klar, hell, warm. Etwas zu lange, fasziniert von diesem Kontrast, sah ich sie an, sie ging – offensichtlich daran gewöhnt – wortlos darüber hinweg, nahm meine Bestellung auf, verschwand wieder hinter den Kulissen, und mein Blick musste sich andere Ziele suchen. Aus der Ecke, in der der andere Gast sich befand, war leises Besteckklappern zu hören, sehen konnte ich von ihm jedoch kaum mehr als vage Schemen in einem kohlenen Nichts, und so lauschte ich und hörte ich eine Zeitlang hin, rätselnd, wer dort wohl sitzen könnte, nicht weil ich prinzipiell ein Recht darauf gehabt hätte, dies zu wissen, sondern einfach nur, um Geräusch und Bild zu einer Einheit vervollständigen zu können. Kurz darauf versiegte das Besteckklappern, und der Inhalt eines Glases, welches jetzt auf Kopfhöhe schwebte, glühte lohfarben in der Sonne, schwarzes Haar schimmerte weich, in der Drehung eines Kopfes fiel für einen angebrochenen Moment ein heller Schein auf eine Stirn, auf Hals und auf Wangen, und ich hatte das Gefühl, jemanden zu erkennen. Aber ehe ich mich vergewissern konnte, waren die Konturen in Lichtlosigkeit vergangen, und die Geräusche von Messer und Gabel auf dem Teller setzten erneut ein. Als ich von einem Toilettengang zurückkehrte, war der Platz leer, aber die Bedienung hatte zwischenzeitlich serviert, so kam ich schnell auf andere Gedanken. Nun hatte ich den ganzen Saal für mich, und mir blieb nur der versonnene Blick durch die Scheibengardine hinaus auf den in spätnachmittäglicher Stille ruhenden Hof. Die Blätter der Alleebirken genossen die Liebkosung sanfter Windstöße. Ein paar Wolken neckten die Sonne, der Himmel dunkelte sogleich beleidigt, es wurde noch schummriger in der Stube, und die dürftige Beleuchtung reichte gerade noch, um mir nach dem Essen ein paar Notizen über die letzten Stunden der Reise zu machen. Als die Bedienung abräumte, hatte sie ihre vorher noch ungezügelt wallenden Locken hochgesteckt, und mit der Sonne war auch der Farbunterschied ihrer Augen verschwunden. Ob ich noch was bestellen wolle, Dessert vielleicht? Ich verneinte, sie stellte den Kopf schräg, sah meine Notizen und machte mich darauf aufmerksam, dass ich den Namen des Gasthofs falsch geschrieben hätte, es hieße nicht 'Kohlhuber', sondern 'Kohluber'. Prüfend überflog ich den Schriftzug auf der Speisekarte. Tatsächlich, Kohluber, ohne das zweite 'h', und ich korrigierte sogleich meine Aufzeichnungen. Auch entging ihr nicht mein Aufzug samt Gepäck, und sie fragte, ob ich Bedarf nach einem Zimmer hätte, man würde vermieten, nichts Luxuriöses, aber günstig und bequem, und da ich ohnehin selbst schon in diese Richtung überlegt hatte, ging ich gern auf dieses Angebot ein und bezog eine schlichte, aber behagliche Schlafkammer. Erst einmal machte ich gegen den immer noch leise ziehenden Schmerz im Fußgelenk kalte Umschläge und nickte anschließend erwartungsgemäß beim Lesen auf dem Bett ein. Als ich erwachte, war der Tag fast zu Ende, die Sonne lockte noch mit letztem Licht zu einem Abendrundgang, diesmal ohne Gepäck, ohne Plan, ohne Kamera. Der Wanderer wurde zum bloßen Spaziergänger. Meinem überlangen Schatten folgend, erreichte ich eine kleine Anhöhe, wahrscheinlich der aufgeschüttete und übergrünte Aushub des in der Nähe liegenden Eisenbahntunnels, und von diesem 'Gipfel' hatte ich einen weitwinkligen Rundumblick über alle Horizonte. Zwei ungleiche Flieger zogen am

Abendhimmel: ein Flugzeug, in die Sonne steigend und von ihr absorbiert, und ein rüttelnder Turmfalke, im Sturz in einer Senke verschwindend. Die Sonne träufelte Goldlack auf vorbeiziehende Wolkenschlieren und sank hinter einem Kamm aus schwarzen Tannen ihrem Nachtlager entgegen. Im nahen Städtchen blinkten einsame Lichter, in manchen Fenstern flackerte fahles blaues Fernsehlicht, niemand hatte hingegen einen Blick für die Lichtmalereien der Natur. Ganz still war es hier draußen, kein Mensch weit und breit, dabei hätte ich diesen Moment gern mit jemandem geteilt, und zum ersten Mal seit Beginn der Reise fühlte ich mich allein. Was wohl Gadamer gerade machte? Vielleicht saß er am Schreibtisch, blickte kurz vom Manuskript hoch und sah den gleichen Sonnenuntergang. Das half mir ein wenig. Nachdem es dunkel geworden war, schlenderte ich zurück zum Gasthof, wo ich mich an Gadamer bettschwer las und einschlief. Irgendwann später, nach wildem Geträum, fuhr ich aus den Kissen hoch, knipste die Nachttischlampe an, brauchte die üblichen kurzen wirren Augenblicke, um meinen Kopf wiederzufinden. Stirn-, wangen- und augenreibend vertrieb ich die tanzenden Traumbilder, nur ihre Klänge schienen zu bleiben. Draußen auf dem Gang pettelten schnelle Schritte, auf und ab, hin und her, von links nach rechts und zurück, ich mit wunderlichem Kopf ihnen folgend. Mein Blick streifte dabei das Notizbuch, das auf dem Nachttisch lag, die letzte beschriebene Seite mit der Erwähnung des Gasthauses aufgeschlagen. Kohluber, ohne 'h'. Nun verstummten draußen die Schritte, und nachdem ich das Licht gelöscht hatte, rollte ich mich zur Wand, fest entschlossen, weidlich zu schlafen, aber ständiges Rumoren vom Gang draußen hinderte mich daran. Es kam noch ein Zischen dazu, ähnlich dem einer

Bratpfanne auf dem Herd. Entnervt presste ich mir das Kissen auf den Kopf. So hörte ich nichts, bekam aber auch keine Luft. Missmutig kroch ich wieder hervor, sah schlängelnde Schatten im Lichtschein unter der Tür. Wie lange es so ging, lässt sich nicht mehr sagen, letztlich fand ich doch noch einen leichten, dünnen Schlaf. Es war fünf Uhr früh, als ich munter und ausgeschlafen aufwachte und überlegend zur Decke starrte, ob ich aufbrechen sollte. Weiter darüber nachdenken wollte ich auf der Toilette, stand also auf und trat hinaus auf den unbeleuchteten Gang, der mich als schwarzes Loch gleichgültig angähnte. Lediglich von rechts, wo eine Treppe nach oben führte, drang funzeliges Licht. Die Toilette lag in der anderen Richtung, ich tappte an der Wand entlang, nach dem Lichtschalter tastend, fand ihn nicht, fand aber die Toilette. Der Spiegel dort kündete im kalten Licht von rotglasigen Augen, bleicher Haut, verflogenen Haaren, drahtigen Bartstoppeln. Den Kopf unters eisige Wasser haltend, versuchte ich, mir ein neues Gesicht herbeizuwaschen. Es misslang. Als ich wieder hinaustrat, war das Licht an der Treppe erloschen, und ein hartnäckiger Türschließer drückte die Toilettentür ins Schloss und damit alles Licht ab. Wattige, greifbare, bodenlose Dunkelheit raubte mir den Sinn fürs Oben und Unten. Aber diesmal fand ich den Lichtschalter. Klick. Über mir das Brummen und Knistern loslegender Neonröhren, die den vor mir stehenden Menschen mit zuckenden Blitzen in Szene setzten. In statuenhafter Anmut stand sie da, die Arme verschränkt, ein Bein leicht abgespreizt, das Haar wild um die Schultern, das goldgesprenkelte braune und das grünflimmernd olive Auge durch mich hindurchsehend, die Andeutung eines Lächelns auf den Lippen. Dann wandte sie sich ab, schwebte still über die Treppe fort, näherte sich einen Atemzug später mit schnellen Schritten aus der anderen Richtung, huschte an mir vorbei, wünschte guten Morgen, rief etwas, das ich nicht verstand, die Treppe hinauf, drehte sich nochmals zu mir um und schenkte mir ein freundliches Zwinkern aus dem unter hochgestecktem Haar blitzenden blauen Eis ihrer Augen.

VIII

Es war der vorletzte Tag der Reise, morgen Mittag würde ich bei Gadamer vor dem Tore stehen und Einlass begehren. Es galt zunächst jedoch, die Aufregung noch im Zaum zu halten und routiniert das heutige Programm abzuspulen, das ich mir, wie meist, vorher sorgsam zurechtaddiert hatte, und welches keineswegs durch außergewöhnliche Eckpunkte auffiel: Ein schätzungsweise vierstündiger Marsch bis zur mittäglichen Einkehr in einem auf der Karte markierten Gasthof, danach ohne Aufenthalt weiter bis zur Ankunft gegen sieben Uhr abends im Hotel einer Kleinstadt. Aber etwas Ungewöhnliches gab es schon, denn entgegen meiner Gewohnheit hatte ich etwas sehr Unübliches getan: ich hatte telefonisch ein Zimmer reserviert. Der Gedanke, in der Nacht vor Gadamer im Heuhaufen zu nächtigen, war mir abwegig erschienen, ich wollte das bevorstehende Ereignis zelebriert wissen und in sauberen Laken und Federn schlafen, im Komfort eines Hotelzimmers frische Kleidung vorbereiten, die längst fällige Rasur vornehmen, in einem heißen Bad untertauchen. Keinesfalls war es meine Absicht, in der großen Stunde des darauffolgenden Tages den Eindruck eines Dahergelaufenen zu machen – obwohl ich im Wortsinn natürlich genau das war –, und wenn doch, dann wollte ich zumindest ein sauberer Dahergelaufener sein. Das Gebiet, das heute vor mir lag, glich laut Reiseführer (es ist ohnehin erstaunlich, dass dies Büchlein diesen so völlig untouristischen Gefilden überhaupt einen Eintrag widmete) dem, welches ich schon seit Tagen durchschritten hatte, denn es sei dünn und immer dünner besiedelt, lose bewaldet, dominiert von Landwirtschaft und direkt schmucklos zu nennen. Für mich war das allemal gut genug. Die Karte gab außerdem preis, dass die Autobahn zwar parallel, aber sich weitab meines Weges spannte, und ich war dankbar, dass mir Anblick und Geräuschkulisse derselben sowie durch das Nichtvorhandensein von größeren Städten auch die hektischen Infrastrukturen ihrer Einzugsgebiete erspart bleiben würde. Ein paar kleinere Orte waren verzeichnet, kaum mehr als größere Dörfer, und einige schmale Landstraßen würde ich als Orientierungshilfen nutzen können. Mit dem Wetter hatte ich darüber hinaus dauerhaft Glück, die Zeitung versprach noch drei milde und sonnige Tage, erst für das Wochenende war Verschlechterung vorhergesagt. Alles in allem optimale Voraussetzungen für die letzte Etappe einer langen Reise, deren ersehntes Ziel jetzt greifbar schien, und ich spürte sogar eine leichte Nervosität in mir aufsteigen: Morgen würde ich ihn sehen – Gadamer, in Strickjacke und Sandalen, mit Pfeife und Panzerglasbrille, die misstrauischen Augen mein Angesicht durchbohrend. Oft hatte ich mir diesen Moment ausgemalt, es lag nahe, immer wieder daran zu denken, aber es war nie sinnvoll, denn wozu sollte man über ein Ereignis spekulieren, das wegen seiner zeitlichen Reichung in die Zukunft nicht berechnet werden konnte.

Wie immer die Himmelsrichtung genau unter Kontrolle behaltend, um nicht kurz vor dem Ziel doch noch an Gadamer vorbeizulaufen, machte ich mich auf den Weg. Recht schnell näherte ich mich der einzigen nennenswerten Erhöhung dieser Region, einem sanften, bewaldeten Aufwurf, den zu umkreisen zu lange gedauert hätte, und den ich daher direkt überschritt, von oben belohnt mit dem Weitwinkelblick über sattgrüne Ebenen, in denen hinter Baumgruppen Dächer von Bauernhäusern ziegelrot hervorblinkten und weidende Schafe als helle Sprengsel verstreut waren. Im noch dunstigen Licht ließ sich am Horizont mein mittäglicher Zielort bereits erahnen. Wieder unten in der Ebene angelangt, hielt ich mich gegen meine Gewohnheit, aber wie geplant, zur besseren Orientierung an eine Straße, die sich zwischen halbhohen Feldern und Wiesen nordwärts hindurchfädelte, und die wenig befahren und daher sicher genug erschien, um etwas schneller vorwärtszukommen. Natürlich hatte ich im Gehen wieder unbegrenzt Zeit, nachzudenken, und um meine Magengrube schlich mit einem Mal das Gespenst einer schwer greifbaren Ahnung, ob sich auf den letzten Kilometern des Weges noch etwas ereignen könnte, mit dem ich nicht gerechnet hatte, und das die stille Gleichmäßigkeit und Beharrlichkeit der Wanderung und letztlich auch den Zieleinlauf durcheinanderbringen könnte. Woher und warum diese Gedanken entsprangen, weiß ich nicht mehr, aber ich holte mich auch gleich selbst wieder aus jenem unsinnigen Sinnieren zurück, kalkulierend, dass in meinem Fall eine Kalkulation von vorhersehbaren oder nicht vorhersehbaren Ereignissen ein für allemal nicht kalkulierbar sein könne, kam wieder, wie so oft, mit mir selber ins Philosophieren, machte im Gehen ein paar Notizen, konnte diese wiederum nicht lesen, benutzte einen gefällten Baum als Schreibunterlage, wanderte dann weiter unter den Blicken der Bauern von vorbeituckernden Traktoren herunter, der Kinder, die auf Wiesen spielten, der Bauersfrauen, die von der Arbeit aufsahen, sich in Grüppchen zusammenstellten und über den Wanderer tratschten. Etwas später, immer noch am Rande der Straße, hielt ich inne, weil ich hinter mir das bedrohliche Brummen eines Wespenschwarms zu vernehmen glaubte. Ich drehte mich um und spähte horizontwärts über die Fahrbahn. In den Kurven, zwischen hohen Gräsern und Alleebäumen, driftete ein nervöser Schatten mit gelben Augen, heranjagend wie ein Raubtier kurz vor dem Beuteschlag, und das immer lauter werdende Brummen kam nicht von Wespen, sondern von den Pferden unter dem perlfarbenen Blech seiner Motorhaube. Er ließ die Kurven hinter sich, erreichte die Gerade, auf der ich mich befand, und beschleunigte. Der Fahrer musste mich längst gesehen haben, aber ich begann zu ahnen, dass er nicht willens war, hier den Zweiten zu machen. Es gab keinen Seitenstreifen und damit keine weitere Ausweichmöglichkeit für mich, nur dichtes, filziges Grün neben der Fahrbahn. Scheinwerfer flammten Morsezeichen, die höhnische Melodie einer gehupten Fanfare kreischte mich an, donnernd schoss der blankpolierte Blechhaufen, von dessen Steuer aus mich spiegelnde Sonnenbrillenaugen im Fadenkreuz hatten, auf mich zu. Ich hatte keine Chance. Kopfüber sprang, nein, flog ich ins Gebüsch, während der Wagen nur Zentimeter an mir vorbeiraste. Das Gewicht des Rucksacks drückte mich in bissige Brennnesseln, mein Wanderstock dengelte über die Straße, über mir floh ein erschreckter Vogel in die Sonne. Mühsam raffte ich mich aus dem Grünzeug hoch, mich maßlos ärgernd, weil ich nicht glauben wollte, dass mir das tatsächlich passierte, stürzte auf die Straße zurück, packte den Wanderstab und feuerte ihn dem Wagen hinterher, der natürlich schon viel zu weit weg war, so dass der Stock einfach nur auf dem Asphalt zerbrach. So stand ich eine Weile da, mitten auf der Straße, fassungslos und mit brodelnden Rachegedanken, klopfte dann übellaunig den Schmutz von meiner Kleidung, und setzte, nach Beherrschung ringend, den Weg fort. Der ältere Herr von der Beerdigung und seine Bemerkungen zum Straßenverkehr fielen mir ein: Für die Maschinen gibt es genügend Raum, so oder so ähnlich hatte er gesagt, für den Menschen nicht.

Auf andere Gedanken brachte mich der Ort, den ich dann erreichte, er öffnete sich vor mir an einer schmalen Dorfstraße mit freundlichen Häusern und wenig Verkehr, gelegen an einem ruhigen, schmalen Nebenarm des Hauptstromes. Es fand sich ein Gasthaus, auf dessen Terrasse man mit Uferblick speisen konnte. Ein paar Kinder hatten einen improvisierten Kahn zu Wasser gelassen und spielten lärmend Flussüberquerung, und es machte Spaß, ihnen zuzuschauen. Trotzdem hielt ich mich nicht lang auf, ließ mich nach dem Mahl in einem nahegelegenen Wäldchen an einem Baum sitzend von einer Hummel, die in eine Blume verliebt war und deren Blütenblätter küsste, in den Mittagsschlaf summen. Nach knapp einer halben Stunde war es Zeit, weiterzugehen. Die Landkarte sagte, dass sich der kleine Fluss nach Norden hielt, daher blieb ich in seiner Nähe, und konnte, ohne dauernd auf den Sonnenstand achten zu müssen, die Landschaft auf mich wirken lassen. Rapsfarbene Ebenen mit sich leicht im Wind wiegenden Bäumen und von wucherndem Wildgewächs gesäumten Wegen taten sich auf, dazwischen harrten als Zivilisationserinnerer einsame Bauernhäuser, insgesamt gab sich alles still und friedlich, mit den vereinzelten Klängen und Düften der Jahreszeit unter dem scharfen Azur des Himmels zu einem großen, kosmischen Dur vereint. Im gleichbleibenden Rhythmus stapfte ich nordwärts, gadamerwärts, konnte dabei gar nicht anders, als immer öfter mit Unbehagen daran zu denken, dass es vielleicht doch passieren würde, er mir vielleicht doch einfach seine drahtverglaste Haustür vor der Nase zuschlüge, wie es mir schon so viele prophezeit hatten, und ich letztlich doch noch blamiert dastünde, der ganzen Schande meines Scheiterns und der Sinnlosigkeit meines Tuns ausgeliefert. Dazu kam, dass ich heute Früh mit seinem Abbild vor dem geistigen Auge aufgewacht war, nicht mehr der Unterscheidung fähig, ob dies der Rest eines Traumes oder nur ein halbwacher Gedanke war, jedenfalls, diese Vision wollte den Rest des Tages nicht mehr weichen, blieb hartnäckig bei mir, und irgendwie beunruhigte sie mich: Gadamer stand also da – in merkwürdigen Unfarben von grüngrau bis farblos –, etwas entfernt zwischen ein paar Bäumen, welche die Tannen vor seinem Haus hätten sein können, mich mit einem speerspitz unverblinzelten Blick aufspießend, so als hätte er einen unliebsamen Besucher ertappt. Mehr war es gar nicht, aber es reichte, um mir dieses unbestimmte Schlechtgefühl einzuflößen, und ich war den Rest des Tages damit beschäftigt, das unterschwellig aufwühlende Bild wie eine lästige Fliege wegzuwischen.

Im Tempo hatte ich heute etwas geschlampt oder mich in der Wegstrecke verrechnet, jedenfalls war die Sonne fast versunken, als ich am Zielort ankam. Vor dem Feuergold des Himmels zeichneten sich die schwarzen Kanten der Stadt ab, davor allerlei lichtfunkelndes Horizontal- und Vertikalgekreisel, und, von leisen Böen über die Felder getragen, Musik, Lachen, Kinderstimmen, und süßrauchige Gerüche: ein Jahrmarkt. Dicht über meinen Kopf schwirrten dunkle Schemen, ob Fledermäuse oder Vögel, ich war mir nicht sicher. Richtung Ortsmitte einschlagend, ging ich weiter und fragte mich zum Hotel durch. Unterwegs passierte ich einen matt beleuchteten Schaukasten, an dem ich zunächst fast gleichgültig vorbeigelaufen wäre, aber dann doch innehielt: das Plakat darin kündigte ein Jahrmarktgastspiel der fernöstlichen Schattenspieler an, denen ich schon einmal begegnet war. Was für ein Zufall, fand ich, dass sich unsere Wege noch einmal kreuzten.

*

Noch in halber Wanderkluft war ich auf dem Hotelbett eingenickt, erwachte irgendwann in Dunkelheit, tastete unkoordiniert nach der Nachttischlampe und entzifferte schlafverschleierten Blickes die Zeit. Mein über den Abend leer ausgegangener Magen beschwerte sich lautstark. Auf dem Weg zum Hotel waren mir die lockenden Lichter eines italienischen Lokals aufgefallen, und ich beschloss, mich locken zu lassen. Nachdem ich mich aus den Wanderklamotten geschält hatte, duschte ich ausgiebig heiß und dampfend, schlüpfte in frische Sachen und das Paar ziviler Ersatzschuhe, das ich mit mir führte, legte mir noch lässig die Jacke – darin Gadamers Büchlein, um mich zwischen den Gängen an erhebender Lektüre zu ergötzen – über die Schulter, schnappte Portemonnaie und Zimmerschlüssel, riss die Tür auf, und wäre fast über den kleinen Menschen gefallen, der draußen stand – ein sehr kleiner Mensch mit schwarzen Haaren und Stupsnase, in Jeans, Turnschuhen und Pulli, aus dunkel glänzenden Kulleraugen treuherzig zu mir hochsehend. Eine Sekunde des Erstaunens verfloss, bis ich die Tochter des asiatischen Puppenspielers wiedererkannte, die mir hier keck grinsend den Weg verbaute. Nachdem sich meine Verwunderung gelegt hatte, überkam mich ehrliche Freude, sie wiederzusehen, und ich ließ mich auf die Knie nieder, um mit ihr auf Augenhöhe sprechen zu können, nahm ihre Hände und strich ihr übers Haar. Als ich mit ihr sprach, blickte sie mich wie bei unserer ersten Begegnung nur schweigend an, und ich schaffte es nicht, sie zum Sprechen zu bringen, sie grinste nur ab und an etwas verlegen und blieb darüber hinaus stumm. Es wunderte mich nicht weiter, ich hatte nicht vergessen, dass sie auch bei unserer ersten Begegnung nichts gesagt hatte, aber ich redete trotzdem ohne Unterlass auf sie ein, da ich auch wissen wollte, wie sie mich gefunden hatte, bis sie schließlich erst anfing zu glucksen und dann zu kichern, ohne dass ich wusste warum – ich vermutete, sie fand meine Konversationsversuche einfach komisch, aber ich konnte nicht anders als mitzukichern, bis wir beide zu lachen begannen und uns so weit hineinsteigerten, dass unser grundloses Gelächter laut und lustig über den Korridor schallte, und ich freute mich daran, wie ihr hübsches Gesichtchen strahlte und ihre Augen fröhlich funkelten. Irgendwann fassten wir uns wieder, das letzte Lachen verhallte, sie stand wieder einfach da und sah mich an, aber bevor ich zu einem neuen Gesprächsversuch ansetzen konnte, lief sie über den Gang davon, und während ich mich erhob, um ihr nachzusehen, blieb sie noch einmal kurz stehen, drehte sich um, winkte mit flüchtiger Geste, um dann über die Treppe zu verschwinden, mich in Stille und leiser Rührung zurücklassend.

Nach dem Besuch des italienischen Lokals verspürte ich mit aufkommender Satt- und Trägheit ein verstärktes Bedürfnis nach Bewegung, und ich machte mich in der kühlen Abendluft auf, hinaus an den Ortsrand, kam am Jahrmarkt vorbei. Der Betrieb dort war längst eingestellt, es war schon spät. Zwischen den verwaisten Buden und Fahrgeschäften waberten Fahnen verbrannten Fettes und letzte Ahnungen von Zuckerwattewolken. Riesenrad und Kinderkarussell ruhten, die Miniaturachterbahn schlief. Es gab eigentlich keinen Grund zu verweilen, dennoch zog mich dieser Platz an, so schritt ich langsam über den knirschenden Kies. Über einer der Buden war ein neonblaues Licht angeblieben, welches nicht nur die Konturen der Fahrgeschäfte, sondern auch jeden einzelnen Kiesel auf dem Boden in geisterhaftem Kobalt glühen ließ. Weit war ich noch nicht gekommen, als tapsende Schritte an mein Ohr drangen, und ein kleiner Schreck drückte mich in der Magengegend, wie aus dem Dunkel ein streunender Hund trottete, ein großes, langhaariges Tier mit hängenden Ohren und wuchtigem Bärenschädel, die Schnauze bodenwärts gerichtet an Speiseresten schnüffelnd. Unvermittelt hielt er inne und sah ruckartig hoch, fixierte mich starr und bewegungslos, senkte die Schnauze dann wieder und trollte sich gleichgültig zwischen die Buden. Aufgrund meines Ungefühls gegenüber Hunden war ich einigermaßen erleichtert, dass er zumindest von der unmittelbaren Bildfläche verschwand, jedoch war mir der Gedanke unbehaglich, das Tier im Rücken zu wissen, und ich konnte nicht anders, als ab und an zurückzuschauen, ob es wirklich im Dunkel verschwunden blieb. Mein Tempo hatte sich dabei etwas beschleunigt, auch dies jedes Mal eine unwillkürliche, mir schon gut vertraute Folge hündlicher Gegenwart, und es trieb mich zunächst seitwärts hinein in eine Budengasse, dann wieder zurück hinaus auf die Mitte des Platzes, wo das Riesenrad, das so riesig eigentlich gar nicht war, als fahlgrün notbeleuchtetes Zahnradgerippe gleich einem schlafenden Stahlungetüm, das auf seine Wiedererweckung wartete, aufragte, und ich stand unter ihm, stand für eine tausendjährige Sekunde atemlos in Stille und Sein, über mir die von fern flackernden Sternsignale aus der Himmelsschwärze, bis mich irgendetwas in die gewohnte Umlaufbahn zurückklinkte und weitergehen hieß. Schließlich kam ich an einem Zelt vorbei, ähnlich einem kleinen Zirkuszelt mit rundem Grundriss, es hatte ein Fähnchen obendrauf und breite Längsstreifen zierten es, die bei Tageslicht gelb und rot sein mochten, im Dunklen aber nun schwarz und silber glänzten. Über dem Eingang spie ein Pappdrache Papierfeuer, auf einer Stoffbahn prangte in asiatisierenden Buchstaben ein Wort, welches mir nicht im Gedächtnis geblieben ist. Ein leises Licht wisperte durch einen Spalt, doch zu verweilen. Zögernd fasste ich die Plane, welche den Eingang bedeckte, schob diese vorsichtig beiseite, steckte den Kopf hindurch. Das Kreisrund des Zeltes war dürftig beleuchtet, die schwache Lichtquelle selbst befand sich hinter einer aufgespannten Leinwand, welche mir ins Gedächtnis rief, wo ich hier war. Meine Scheu überwindend, trat ich in das geheimnisvolle Halbdunkel, und es dauerte eine Weile, bis sich meine Augen daran gewöhnt und aus den umherschwimmenden Schemen sich feste Umrisse gebildet hatten. Überall standen Stühle, einfache Klappstühle, ein paar Dutzend an der Zahl in loser Ordnung, einige davon umgekippt. Langsam stapfte ich an ihnen vorbei auf die Leinwand zu, verweilte einige Momente davor, den Blick über die goldgelbe Fläche schweifen lassend, als ob dort noch irgendwo Schatten tanzen würden. Ein paar Schritte zur Seite tretend, lugte ich hinter die Leinwand, sah dort das einsame Lämpchen, welches den dünnen Schein warf. Daneben, auf ein paar groben Holzbohlen, standen große Kisten mit schmiedeeisernen Beschlägen, vier Stück an der Zahl, von unterschiedlicher Größe und Bauart. Wie Schatzkisten sahen sie aus. Die Versuchung lockte mich, ich trat näher, spielte mit zwei Fingern am Vorhängeschloss der Kiste, die mir am nächsten stand, es war nicht versperrt und schnappte auf. Silbrig klirrte es, als ich den Deckel hob, und es schimmerten mir Blech und Holz und Felle entgegen, genauer ein Schellenkranz, ein paar Handtrommeln, eine Flöte, allesamt in gleichgültiger Lautlosigkeit auf den nächsten Einsatz wartend. Meine Neugierde war noch nicht befriedigt, ich öffnete eine weitere Kiste, denn auch diese war nicht verschlossen. Der Deckel knarrte, als ich ihn leicht anhob, und ich spähte hinein, schlug ihn dann mit beiden Händen ganz zurück. In der Kiste ruhten, bleichgesichtig und starräugig, all die hölzernen Könige, Prinzen und Prinzessinnen, Krieger und Bauern, im Spiel einst wie lebendig sich bekriegend und ewig intrigierend, hier in Ruhe leb- wie klassenlos vereint, die Schlenkerarme grotesk verdreht, die ausdruckslosen Holzgesichter im trüben Licht halb beschattet und gebrochenen Blickes gleichgültig ins Nichts gewandt. Eine Prinzessinnenfigur, deren Gewand nobel violett glänzte, faszinierte mich, ich nahm sie aus der Kiste und hielt sie ins Licht, bewunderte die filigranen Konturen und Details, wurde übermütig und ging zum Rand der Leinwand, wo ich sie am

Haltestab hin- und herbewegte, gleichzeitig steckte ich den Kopf nach außen, um von vorne zu sehen, wie die eben noch leblose Figur durch mich als tänzelnder Schattenriss ins Leben zurückkehrte. Keineswegs war ich ein meisterlicher Schattenspieler, aber was hinter der Leinwand nur wie das kindliche Spiel mit einer Puppe aussah, wirkte von vorne wie ein magischer, ausgelassener Tanz, bei dem ihre Arme zu stummer Musik schlenkerten und der Kopf sich im Rhythmus wiegte, Haar und Kleid in der Luft wallend. Fast hätte ich mich zu sehr und zeitvergessen darin vertieft, einen Schatten lebendig werden zu lassen, als ich glaubte, am anderen Ende des Zeltes, wo das Licht nicht mehr hindrang, im Dunkel ein zweites, sich bewegendes Dunkel wahrgenommen zu haben. Wie eingefroren, kaum atmend, wurden mir die Augen zunächst größer, dann kniff ich sie zusammen, aber mit keiner dieser Methoden vermochte ich auszumachen, was dort, dunkel in dunkel, vor sich ging. Kein Schritt entkam meinen Beinen, eine heiße Angstlähmung kroch mir durch die Glieder, selbst die Figur in die Kiste zurückzulegen schaffte ich nur mit äußerster Überwindung, und schon kam ich mir völlig lächerlich vor. Ein krampfiger Räusperer sollte den Hals entspannen, er klang wie ein kindlicher Kiekser. Um einen anderen Blickwinkel zu bekommen, tat ich ein, zwei Schritte zur Seite, und wieder kroch dieses schneidende Heißgefühl durch mich, als die Schritte wie Echo von gegenüber zurückkamen, nicht nur einer und nicht nur zwei, sondern jemand schritt langsam durchs Dunkel, nicht direkt auf mich zu, sondern, wie ich vermutete, an der Zeltplane entlang, einen Bogen um mich beschreibend, ich dem Geräusch der Schritte mit Blicken, die nichts sahen, folgend. Die Schritte verstummten, und einen ewigen Moment lang wartete ich, was nun geschehen würde, und es geschah: Das Flämmchen eines Feuerzeugs blitzte auf, und in seinem Schein flimmerten helle Gesichtskonturen – eine Wange, ein Hals, eine Stirn, und schwarzes langes Haar glänzte weich. Die Flamme verlosch jedoch schnell, die Konturen verschwanden, in der Luft schwebte nun lediglich der Glutpunkt einer kirschduftenden Zigarette, deren schwere süßliche Wolken zu mir herüberzogen.

"Komm näher."

Dies waren ihre Worte, die Worte einer weiblichen Stimme, alles vorherige Unbehagen fiel mit einem Mal von mir ab, und ich ging langsam, Schritt für Schritt, ins Dunkel hinein, zur anderen Seite des Zeltes, auf sie, diese Stimme, zu. Dort in der Düsternis regten sich, vom letzten, dürren Funzeln der Lampe hinter der Leinwand gemalt, raschelnde Konturen, gerade noch deutlich genug, dass man einen Menschen ahnen konnte, das Gesicht verblieb in Unkenntlichkeit, nur bei leisen Bewegungen reflektierten Körperformen das schwache Licht. Nicht genau wissend, wie nah ich ihr schon war, blieb ich im Finstern stehen, fast blind und orientierungslos, als ich direkt neben mir ihr Atmen hörte, und bei einer Bewegung zum Licht feine Härchen auf ihren Wangen glimmen sah. Automatisch machte ich einen Schritt zurück, dabei rutschten durch eine unbedachte Bewegung Gadamers Büchlein und eine zusammengefaltete Landkarte aus meiner Jacke, welche ich in der Hand trug, und prasselten auf den Kies. Bevor ich beides aufheben konnte, war mein kaum sichtbares Gegenüber schon schneller gewesen, und mit einem hastigen Wischen vergingen die zwei Druckwerke vor meinen Augen zwischen Schatten und feuerfarbenen Umrissen.

"Nicht alles steht in Karten wie diesen", erklang die Stimme wieder, und aus dem Dunkel wurde mir die Landkarte hingehalten, die ich etwas zögerlich entgegennahm und in die Jacke zurücksteckte. Sie drehte Gadamers Buch ins Licht, ich sah ihre Hände, die Zigarette stak in der Rechten, zwischen Zeige- und Mittelfinger, ihr Rauch stieg in dünnen Fahnen bleich nach oben.

„Das Buch heißt ‚Sumatra'. Wie passend", sagte sie und begann zu blättern – halb hörte ich es, halb konnte ich es sehen –, bis sie an einer Stelle innehielt, diese zu studieren schien, dazu die Seiten in den schwachen Lichtschein drehte.

"Das hier ist gut", sagte sie. "Ein gutes Gedicht. Es heißt genauso wie das Buch. Hör zu."

Und sie las.

"Ich renne ohne Ziel
durch das Land der Träume.
Ich wünsch mir viel zu viel
Ich könnt' ja was versäumen.
Ich renne ohne Ziel
Immer, immer weiter weg.

Ich segle atemlos
Über diese Felder
Wie ein Albatros
Über das Meer und über Wälder
Und du, Dionysos,
Ferner warst du mir noch nie.

Schmale Wege zwischen Wirklichkeit und Schein

Schwach beleuchtet von den Irrlichtern des Seins.

Ich dreh mich viel zu schnell
Hier im Land der Träume
Auf dem Karussell
Der Zeiten und der Räume
Oder ist es dann
Doch nur eine Geisterbahn.

Ins Land der Träume hat die Seele sich verirrt
Durch Einsamkeiten ist sie ohnehin verwirrt.

Ich dreh mich viel zu schnell
Ich segle atemlos
Ich renne ohne Ziel
Und ich wünsch mir viel zu viel."

Mit einer raschen Bewegung, der mein Blick wunderlich folgte, steckte sie das Buch danach zurück in meine Jackentasche.

"Bleib auf dem Weg", sagte sie, bevor es still wurde, jeglicher Laut, jegliches Rascheln versiegte, mit der Glut der Zigarette auch die Ahnbarkeit ihrer Präsenz verlosch, und dort, wo sie eben noch gewesen war, nichts mehr zu sein schien außer leerer Dunkelheit. Ins Helle zurücktastend, fasste ich hinter die Leinwand, griff mir die Lampe und leuchtete das Zelt aus, projizierte damit jedoch lediglich geisterhaft zitternde Schatten der Stühle an die Innenseite des Zeltes, fand beim zweiten Blick aber dort, wo sie gestanden hatte, einen durch die Zeltplane verdeckten zweiten kleineren Ausgang, durch den sie ohne Zweifel behende nach draußen geschlüpft war. Nachdem ich die Lampe zurückgestellt hatte, streifte ich mir, weil es frischer geworden war, die Jacke über, bemerkte, dass die Außentasche etwas mehr ausgebeult war als vorher, ertastete darin unvermutet nicht nur den leinernen Einband von Gadamers Buch, sondern etwas Kleineres, Härteres, Hölzernes. In meiner Hand hatte ich, als sich sie hervorzog, eine winzige Schatulle aus schwarzem Holz, ähnlich einer Miniaturausgabe der Kisten, in der die Puppen und Instrumente aufbewahrt waren, mit der Darstellung eines schwarzweißen Vogels auf dem Deckel. Erstaunt öffnete ich sie. Sie war leer. Ich eilte durch den kleinen Ausgang hinaus, blieb draußen stehen, blickte rundum über den verlassenen, kühlen Platz. Der Kies glühte blau im Neon, und vor dem sterngoldflitternden schwarzen Samt des Nachthimmels glänzte bleich das Riesenrad.

IX

Gadamer hatte während der ganzen Zeit meiner Reise über weite Strecken – wie wahr! – mein Denken beschäftigt, und er tat es umso mehr an diesem Morgen, dem Morgen des Tages der so lange erhofften Begegnung mit ihm, als ich aus dem Schlaf hochfuhr und sein Name und sein Antlitz unmittelbar mir als erste wache Gedankenregung im Sinn standen, so dass ich mir daraufhin mit beiden Händen wie mit einer Geste des Waschens übers Gesicht fuhr, als ob ich mich von ihm reinigen wollte. Unbewusst war jenes, und in der nächsten Sekunde war ich hellwach, so ganz anders, verglichen mit der häufigen

Trägheit vergangener Morgenstunden, spürte Aufregung und Vorfreude in Kopf und Bauch wummern, sprang geradezu aus dem Bett, zog die Vorhänge beiseite, atmete das schöne Wetter. Vor zu viel Aufregung und Vorfreude benahm ich mich erst etwas unorganisiert, hastete im Zimmer von einem Eck ins andere, unschlüssig über die Reihenfolge der unmittelbar bevorstehenden Aktionen – Packen, Anziehen, Zähneputzen, Duschen, Frühstücken –, befürchtete sogar, zu spät zu kommen, bis mir wieder in den Sinn kam, dass niemand auf mich wartete, bemühte mich um mehr Gelassenheit, brachte die genannten Tätigkeiten dann doch noch in der sinnvollsten Anordnung hinter mich und trat nach etwas mehr als einer Stunde geputzt und gepackt ins Freie. Natürlich kannte ich meinen Weg, ich kannte ihn immer genau, aber an diesem Tag kannte ich ihn noch weit genauer als in all den anderen vorangegangenen Tagen, an denen ich in drittklassigen Pensionen, im Schlafsack oder unterm Scheunendach genächtigt und lediglich eine Etappe, eine von vielen, zurückzulegen hatte. Ausgiebig hatte ich die dünne Linie des Weges auf der Karte dutzende Male betrachtet und einstudiert, so dass sie, ähnlich wie vorhin Gadamer selbst, als Bild in meiner Vorstellung schwebte, selbst der Straßenplan seines Wohnortes, an dessen totem Ende er von seiner Feste aus misstrauisch den Horizont beäugte, war mir samt aller Straßennamen auswendig geläufig, was keine große Kunst war, denn es gab derer nur vier. Die Zielsetzung war zunächst einfach und routinehaft, es galt, bis Mittag, bis zum grob berechneten Zeitpunkt meiner Ankunft, noch eine durchaus lange Wanderstrecke hinter mich zu bringen, so gab es keine Zeit zu verschwenden, und ich setzte mich, den Ortsausgang im Visier, in Bewegung. Oft hatte ich den mehr oder weniger großen Trubel um mich herum in Orten wie diesen mit all seinen Unbillen wie unbotmäßig vielem Verkehr mit Lärm und Gestank sowie die Passanten in ihrer Hektik geringschätzig wahrgenommen, doch heute, durch die kaleidoskopene Gadamer-Brille, erschien mir selbst dies alles leicht erträglich und mit einer Handbewegung abtubar, so dass ich am liebsten den nächsten Menschen angehalten und zu ihm gesprochen hätte: "Wissen Sie, ich gehe zu Gadamer!" Es war tatsächlich so weit, nicht irgendwann und irgendwo, sondern heute, hier, in lächerlich wenigen Kilometern Entfernung, sollte stattfinden, was die letzten Monate, schon vor meiner Reise, meine Gedanken und Planungen beherrscht hatte, jener diffuse Moment, der von allen Plänen und Planungen der unplanbarste war, auf den ich mich doch so freute, und vor dem mich viele mit immer wieder der gleichen Formulierung von der Tür, die er vor meiner Nase zuschlagen würde, gewarnt hatten. Jetzt gab es kein Zurück mehr, wie ich überhaupt kein einziges Mal an ein Zurück gedacht hatte, und ich war mir meiner Sache noch nie so sicher wie in diesen Minuten, als ich über dieses absurd zurechtgeputzte Straßendutzendgesicht hinweglief, das mit kitschigen Laternen, verdreckter dürrer Straßenbegleitbepflanzung und von Parkflächen zurechtgesäbelten Gehsteigen so missglückt geliftet und verhärmt aussah wie das vieler kleiner Orte zwischen Anfang und Ende meiner Reise. Mein Blick hatte sich über hunderte Kilometer an all den städtebaulichen Kataströphchen geschärft, und ich, der ich gelernt hatte, den Waldweg der Straße und die Wiese den Gehsteigen vorzuziehen, war mir gar nicht mehr so sicher, wie denn die Umgebung daheim, die Viereckwohnung in einem grauen Kasten zwischen anderen grauen Kästen an einer

Dutzendstraße, trotz der Fensteraussicht auf Kastaniengrün nach der Rückkehr zu ertragen sein würde. Graue Kästen, allüberall, omnipräsent, Wohnhäuser, Geschäftshäuser, Banken, auch das Hotel, in dem ich genächtigt hatte, wie sah es eigentlich bei Tag aus? Unbedacht blickte ich über die Schulter zurück, nahm das Gebäude noch einmal sekundenlang aus gleichgültigen Augenwinkeln wahr, nur um einen optischen Eindruck zu erhalten, den ich ohnehin gleich wieder wegwerfen würde, wurde aber eingefangen und abgebremst von einer Bewegung aus einem der Fenster. Halb vorwärts zum Ziel gewandt, halb rückwärts wie festgehalten blieb ich stehen. Der Vorhang im Fenster wackelte, ein kleines, helles Gesicht leuchtete dort, eine kleine helle Hand winkte mir, da stand das kleine Puppenspielermädchen und drückte sich die Nase an der Scheibe platt, hielt mit der einen Hand beständig den Vorhang von sich und ließ die andere in meine Richtung flattern. Selbstvergessen und voller Freude, das Kind noch einmal sehen zu können, ließ ich mich zu unbeschwerter Zurückwinkerei hinreißen, stand armrüttelnd unter all den Passanten und Vorbeigehern, die im Passieren und Vorbeigehen Gleichgültigkeit mimten und doch verstohlene Blicke pfeilten. Wie lange ich so verweilte, weiß ich nicht mehr zu sagen, es dauerte eine ganze Zeit, wie wir uns so anwinkten und keiner der erste beim Aufhören sein wollte, bis das Mädchen oben am Fenster sich unvermittelt umdrehte, als hätte jemand nach ihm gerufen. Der Vorhang fiel. Noch eine Weile harrte ich aus, aber der Vorhang bewegte sich nicht mehr. Das helle Gesichtchen und die kleine Hand kamen nicht mehr zurück.

Die Hauptstraße führte ganz gerade, im flachen Hinterland auf kein Hindernis treffend, aus dem Ort hinaus, und meiner liebgewonnenen Gewohnheit entsprechend verließ ich das harte Pflaster kurz nach Ortsende, ging, von wolkenlosem Blau überstrahlt, zwischen umzäunten Wiesen auf einem Feldweg weiter, der etwas abseits parallel zum Asphalt verlief, brach mir von einem Gehölz einen neuen Stock zum Wandern. Neben mir, im halbhohen Wiesenklee, ein plötzlicher, nervöser Flügelschlag, der mich aus meinen Gadamer-Gedanken riss, und wieder war es die mittlerweile unvermeidliche Elster, die mir offensichtlich auch auf den letzten Metern vor dem Ziel treu bleiben wollte. Die Kamera überhaupt anzufassen kam mir diesmal gar nicht in den Sinn, weil ich natürlich ahnte, dass der schwarzweiße Vogel bei der ersten Handbewegung auffliegen und ins nächste Gebüsch fliehen würde, so beobachtete ich das Tier nur aufmerksam im Vorbeigehen und wartete auf seinen Abflug. Jedoch, diese Elster schien etwas mutiger als ihre Artgenossinnen, sie flog gar nicht auf, sondern hielt sich still zwischen den rotrosanen Kleeblüten und verfolgte meine Bewegungen mit beifälligem Kopfnicken. Fast waren wir, Auge in Auge, aneinander vorbei, als sie begann, hinter mir her zu trippeln und zu hüpfen, so als wollte sie mich ohne den üblichen fotografischen Fehlversuch gar nicht ziehen lassen, aber ich dachte nach wie vor gar nicht daran, ich wusste doch, dass sie auf- und wegfliegen würde, ich witterte die elsterliche Verschwörung genau. Kecken und spitzbübischen Blicks hielt sie Schritt mit mir wie ein treuer Hund, in nicht einmal zwei Metern Entfernung, so nah, wie ich die ganze Reise über noch nie einem dieser Vögel war. Zwar misstraute ich dem Frieden immer noch, begann jetzt aber doch, unfähig der Versuchung zu widerstehen, wie beiläufig an der Kamera herumzufingern und sie startklar zu machen, hielt aber nicht inne, sondern behielt den Wandertritt als

Täuschungsmanöver einstweilen bei. Da ich für die Aufnahme zwei Hände brauchen würde, in der einen jedoch den Wanderstock trug, stellte ich diesen am Zaun ab, tat dies wie zufällig und unaufgeregt und geräuschlos, glaubte schon, die Elster sei, während ich mich kurz von ihr abgewandt hatte, längst abgeflogen, aber mitnichten, sie war mir in einigem Abstand gefolgt, legte den Kopf zur Seite und beobachtete mein Tun ungeniert, während sie immer ein, zwei Schritte hin- und herstakste. Langsam hob ich die Kamera vors Auge, drehte mich zu dem Vogel hin, der immer noch keine Anstalten zur Flucht machte, und knipste, innerlich triumphierend, zunächst aus dem Stand, ging dann in die Knie, um ihn in besserer Perspektive direkt vor dem Objektiv zu haben. Und was soll ich sagen, ihm gefiels – er stolzierte in kleinen Kreisen durch den Klee, mit schillerndem Federkleid und glänzenden Augen, als wollte er mir eitel seine besten Seiten zeigen. Von den Knien ging ich, nachdem ich vorsichtig und bedächtig den Rucksack abgelegt hatte, zuerst in die Sitz- , danach bäuchlings in die Liegestellung über, hatte die Elster schließlich nahezu in Greifweite vor dem Objektiv, so dass sich Tier und Technik fast berührten und der schlaue Vogel Gelegenheit hatte, aufmerksam das metallisch funkelnde und glasspiegelige Objekt vor seinem Schnabel zu beäugen. Und ich machte Aufnahme um Aufnahme, knipste und knipste, als hätte ich das seltenste Tier der Welt vor mir, so lange, bis ich fand, dass ich genug Elsternporträts geschossen hatte, und die Entschädigung, die ich von dieser Elster für alle entgangenen Gelegenheiten bekommen hatte, groß genug war. So erhob ich mich vom Weg, entstaubte meine Kleidung, warf den Rucksack über, griff zum Wanderstab. Der Vogel ließ sich davon nicht irritieren, folgte meinen Handgriffen mit forschem Seitenblick, blieb, als ich weiterging, immer noch trippelnd und hüpfelnd an meiner Seite, fast so, als wolle er mich vom Weitergehen abhalten und sich gar nicht mehr abschütteln lassen. Aber ich war nicht gewillt, mich vom Weg abbringen zu lassen. Vor mir öffneten sich Land und Horizont. Ich wollte weiter.

Weiter, zu Gadamer.